Guillaume
Huon

Le Gardien sans sommeil

roman

CALMANN LEVY

Couverture
Maquette : Olo éditions
Illustration : © Owen Gent

ISBN 978-2-7021-9056-2

À Hector, qui voit les autres mondes

« And I envy you the valley that you've found. »
JONI MITCHELL, *That Song About the Midway*

« Je sais que tout cela est vrai. Je viens de là.
Il n'y a pas de peur autre que celle-là en moi.
Tant que je ne dors pas, je ne redoute rien. »
LAURENT GAUDÉ, *La Porte des Enfers*

I

« Je crois que j'ai dormi,
parce que je me suis réveillé
avec des étoiles sur le visage. »
ALBERT CAMUS, *L'Étranger*

Quelque chose dans la lumière l'avait réveillé. Il ne pouvait dire quoi, et même s'il l'avait voulu, sa conscience était encore trop loin, éparpillée. Tous ses efforts étaient consacrés à fixer le volet au-dessus du lit, en essayant de ne pas refermer les yeux. Il regardait les filets blancs du soleil glisser entre les lames, le halo de chaleur qui bourdonnait derrière le cadre de bois, et ces images lui apparurent d'abord comme un problème insoluble dépassant sa compréhension, avant qu'elles ne se rassemblent dans son esprit, jusqu'à lui arracher une première pensée : *il est déjà tard.*

Il repoussa la couverture sur le côté et attendit, à moitié nu, que la fraîcheur tombe sur sa peau pour se lever, en commençant par s'asseoir, les pieds bien à plat, le temps que le tourbillon dans son crâne se dissipe. Chaque matin devenait plus difficile, évidemment. Il avait grossi. Ses côtes s'étaient dérobées sous ses doigts semaine après semaine. La cavité de son nombril, presque engloutie entre des replis mous, était tout ce qui demeurait qui ne soit pas bouffi, rendant ce creux plus absurde encore. Mais au moins, une fois debout, cette vision s'atténuait un peu. Il fit un pas.

De son ventre monta un gargouillis sourd, qu'il recouvrit de la paume ; un reste de vertige choisit ce moment précis pour faire vaciller toute la pièce, et il dut caler son épaule contre le mur, en grognant. Il avait vraiment froid maintenant. Il conserva son appui par précaution tandis qu'il tournait la tête vers la chaise où ses vêtements de la veille l'attendaient, même si elle était toujours à la même place, puisque rien ne bougeait jamais, puisqu'il fallait que rien ne bouge, pas en plein automne.

Il jugea prudent de ne pas commencer par mettre son pantalon, et enfila un premier pull en laine, puis un second. Une articulation claqua dans son dos. Tout à la fois il sentit la tiédeur du tissu, une démangeaison au bas de sa nuque, sur son torse, et ensuite partout, comme si des dizaines de minuscules insectes lui griffaient la peau, et l'odeur – ces frusques puaient, ou bien c'était lui –, mais il ferait avec. Il y avait plus urgent. Il contourna le lit dans la pénombre, en évitant d'instinct les endroits du parquet qui grinçaient, et s'agenouilla doucement.

Anna dormait encore. Quelques mèches de cheveux cachaient son visage, et pourtant elle paraissait se détacher de l'obscurité. Sa tête était posée sur un de ses poignets, écrasant sa joue, donnant à sa bouche une moue qui le fit sourire. Il ajusta la couverture autour d'elle et suivit sa respiration, sans bruit. Le mouvement de son ventre sous les draps.

Deux mois.

Elle avait attendu d'être sûre pour le lui dire : ça avait commencé par le sang qu'elle ne perdait plus, alors qu'elle aurait dû, puis les nausées – et même ça n'avait pas suffi, après tout c'était courant de passer des semaines l'estomac retourné, avec la quantité de nourriture qu'il y avait à avaler dès la fin des moissons – mais quand sa poitrine était devenue douloureuse, elle avait rendu visite à une accoucheuse qui vivait à six maisons de là. La femme était en train de préparer le repas et essuyait encore ses doigts sur son tablier en ouvrant la porte. Elle ne l'avait même pas fait asseoir. Elle avait pressé des endroits sous son nombril, en posant des questions dont les réponses semblaient ne pas l'intéresser. On aurait dit qu'elle essayait d'entendre avec ses mains. Anna avait senti comme des bulles d'air qui roulaient en elle, la tension d'un hoquet qui restait suspendu, et l'autre avait simplement hoché la tête avant de lâcher ça, là, à trois pas de l'entrée, dans le parfum du ragoût de lapin qui mijotait : *oui, tu portes un enfant.* C'étaient les mots qu'Anna avait répétés en rentrant, même s'il n'en était plus très sûr ; il se souvenait simplement qu'elle pleurait et riait en même temps, *Sören, nous allons avoir un enfant*, et qu'elle avait continué, même dans ses bras, surtout dans ses bras, qu'il avait eu l'impression de se fondre en elle, comme les larmes tièdes sur son cou.

Sören s'était dit d'abord qu'un bonheur aussi grand ne pourrait jamais tenir en lui, mais il s'était trompé, il restait encore de la place pour l'inquiétude et les regrets. Parce qu'il avait peur pour elle, maintenant. En permanence. Il songeait aux dizaines d'accidents à cause desquels tout pourrait leur être enlevé, et pire : que tout leur soit repris sans aucune raison. Cela arrivait. Une crampe qui cisaillait les reins, des frissons, parfois un écoulement muet sans la moindre douleur. Les rues du village étaient pleines de femmes discutant à voix basse de ces espérances d'enfant déçues, pleines aussi d'enfants qui jouaient sur les pavés et avaient perdu leur mère en couches. Sören se disait encore qu'il aurait aimé voir Anna s'arrondir, au lieu de se réveiller un beau jour d'ici cinq ou six mois quand elle serait gonflée comme un fruit mûr. Et face à tout cela il ne trouvait rien à faire sinon se lever le premier, veiller à tout et garder les yeux ouverts le plus longtemps possible, puisque le destin était un lâche.

Il déposa un baiser aussi léger qu'un souffle sur son front pâle, accompagné d'une pensée pour elle et le bébé – *dormez bien mes amours*, une prière qu'Anna sentit peut-être, loin très loin, puisqu'elle répondit par un petit gémissement – et puis il referma la porte sur leur sommeil qui valait bien plus que le sien.

Le fourneau dans la cuisine sentait la cendre froide. Sous un torchon du placard il trouva un fromage sec dans lequel il mordit, sans prendre le temps de le découper, pour occuper son estomac. La pâte se désagrégea en fragments farineux tandis qu'il préparait le briquet à silex. Le goût salé recouvrit sa langue et sembla s'insinuer jusque dans ses poumons, provoquant une toux de protestation qu'il contint du mieux qu'il put. Il fit une couronne avec le bois, disposa au centre du foyer deux morceaux de tissu trempés de suint, et percuta le silex de plusieurs mouvements nets. Des lignes ardentes jaillirent avec chaque éclat d'acier. Il guetta les premières fumées, souffla, verrouilla enfin le loquet sur les flammes. Il avait fait tout cela dans la pénombre, sans même ouvrir le volet. C'était inutile. Il aurait pu traverser cette pièce les yeux fermés – et il l'avait souvent fait, d'une certaine manière. Dix pas du mur à la fenêtre, sept en largeur depuis la porte de la chambre. Les dimensions d'une énorme brique, flanquée d'une remise qui servait à tout.

Il versa trois bons bols de bouillie d'orge dans un plat en terre cuite qu'il mit à réchauffer, attrapa son manteau, ses chaussures, et s'y enfonça jusqu'aux chevilles avec une grimace. Le cuir était craquelé et humide à la fois, c'était comme se glisser dans une carcasse plus vraiment vivante mais toujours visqueuse.

Il avança prudemment sur les pavés luisants de la cour. Ce qui recouvrait le ciel n'avait pas de fin. Une cape grise tendue sur tous les horizons de la vallée, mais en haillons, trouée de déchirures bleues où volaient des filaments plus clairs. Les derniers rubans sombres des pluies de la nuit glissaient vers le sud, là où les nuages dessinaient une crête orangée. Il laissa l'air vif emplir ses poumons et disperser le reste de torpeur tout en marchant vers la pompe. Il saisit le seau suspendu à l'envers sur la poignée, actionna le piston ; l'eau sortit en grinçant, par crachats successifs. Une ligne d'oiseaux, si lointains qu'ils semblaient tous noirs, répondit par des cris aigus. Il se pencha pour prendre plusieurs gorgées dans sa paume et les sentit glisser en lui comme des lames.

Ce n'est que lorsque la pompe fut redevenue silencieuse qu'il prit conscience des appels, étouffés mais réguliers, provenant du bâtiment voisin. Elles savaient, pensa-t-il, elles avaient entendu. *Un moment, mes belles*. Sören laissa le seau pour plus tard et se dirigea vers la bergerie. Une rafale de vent pesa sur-le-champ, le forçant à baisser les yeux sur l'herbe grasse. Depuis quelque temps il avait remarqué ce changement : cet accroissement de sa perception. Comme si le monde était devenu plus vaste et l'accablait de ses détails. Sören voyait davantage. Ce petit paquet de laine blanche, prisonnier dans les ronces. Les grappes nues du fenouil sauvage près de la clôture. Il se surprenait à regarder les feuilles mortes et leurs dentelures remarquables. Sous ses semelles, le sol était parsemé de milliers de petits monticules d'une terre noire qui s'entortillait, signes de l'activité invisible d'autant de milliers de vers. Peut-être que cet enfant à venir avait étendu sa vigilance. Ou peut-être que tout était devenu plus beau.

Il ouvrit d'abord la partie supérieure de la porte, libérant des vapeurs chaudes et âcres qui lui firent plisser les yeux. Les brebis se ruèrent vers lui en bêlant, les plus proches juchées contre la paroi sur leurs pattes arrière, poussant leurs congénères de la tête.

— Oui, oui, patience.

Il voulait vérifier le grand baquet à l'extérieur du bâtiment, que la pluie avait presque fait déborder. Parfois une souris ou un crapaud se retrouvait là-dedans on ne savait comment, ne pouvait plus ressortir et crevait sans jamais remonter, son corps réduit à un sachet plat et filandreux qui empoisonnait l'eau. Deux ou trois bêtes commençaient à vomir une bave jaunâtre, puis elles ne se levaient plus et éructaient des bruits effrayants, comme si elles mastiquaient des os. Après cela plus personne ne voudrait de son troupeau. Mais il n'y avait rien ce matin. Sören pouvait voir jusqu'au fond, là où les mousses sur les rebords n'avaient plus de couleur dans l'ombre.

Il observa son reflet à la surface, entouré d'un mélange impossible de nuages et de dépôts de lichens. Ses cheveux en bataille tombaient à l'aplomb de son front – c'est vrai, il fallait qu'il ajoute cela à la liste : se les faire couper –, des poches cireuses paraissaient vouloir engloutir ses paupières, et pour le reste son visage était devenu rond, épais, hormis deux lignes creuses qui descendaient de son nez vers sa bouche, et qui avaient toujours donné un air de détermination aux hommes de sa famille. Anna les appelait ses « sillons de bébé », et il lui avait fait jurer de garder cette expression pour elle. Il y allait de son autorité dans le village. Personne n'irait respecter l'ordre s'il était incarné par le sergent Joues-Mignonnes, et à la prochaine fête du Réveil, au printemps, un type viendrait le trouver en riant après quelques verres d'alcool malté, *comment ça j'ai trop bu, Sören ? Tu ne vas pas commencer à faire ton chef, pas aujourd'hui*, il faudrait l'empoigner ou le cogner, *fin de la célébration, désolé*, et il passerait le reste de la nuit à surveiller le bougre dans une cave de détention.

Les brebis se plaignaient de plus en plus fort et lui rappelèrent qu'il avait faim, comme elles. Une fois délivrées elles se précipitèrent dans l'herbe avant de s'arrêter brusquement après quelques mètres, humant l'air autour, puis elles repartirent brouter plus loin. Sören vérifia que la bergerie était bien vide. Il eut un regard déjà épuisé à la vue du foin souillé mais décida que le nettoyage attendrait qu'il ait déjeuné.

Quand il eut rempli le pichet de la cuisine, il restait assez d'eau pour qu'il se lave, ou du moins qu'il asperge son visage, ce qu'il fit en retenant les légères exclamations que provoquait l'eau glacée. Il s'essuya et prit finalement place à table devant une généreuse ration de bouillie, mélangée à plusieurs portions de miel, et s'assura que par la fenêtre il avait une bonne vue sur le chemin – au cas où on vienne lui demander de l'aide, ou bien un conseil, ce qui revenait au même pour les gens d'ici, ou encore parce qu'il y aurait un problème à gérer, même si c'était peu probable étant donné les préparatifs qui occupaient chacun dans la vallée.

Il poussa un soupir. La journée commençait, et il se sentait vide de toute énergie.

Il prit une première bouchée, et encore une autre. Il y avait des matins faciles où il ne parvenait pas à réfléchir, ce qui était parfait pour avaler assez de cette mixture que l'on pouvait mâcher vingt fois sans qu'elle semble jamais se décomposer. Mais ce n'était pas un de ces matins. Il essaya de penser à tout autre chose, de remplir son esprit pour oublier que son estomac l'était déjà. Combien de temps avaient-ils encore devant eux ? Deux semaines, se dit-il, peut-être trois. Il passa mentalement en revue sa liste habituelle : ils devaient avoir dix kilos de céréales déjà cuites, sans compter la viande séchée et plusieurs pots de fruits confits avec leur sirop, ce qui devrait largement suffire pour eux deux ; l'eau attendrait le dernier jour, il avait déjà vérifié le nombre de récipients. Il en disposerait d'autres, des plus grands, sur le sol, aux endroits habituels (même s'il savait qu'il retrouverait inévitablement des déjections ailleurs). Il fallait encore qu'il conduise les brebis au temple, qu'il s'offre une sérieuse coupe de cheveux, qu'on le rase, et qu'il fasse un dernier tour du village pour sermonner les retardataires.

— Hé.

Anna se tenait près de lui, pâle sous sa chemise de chanvre, emmitouflée dans une couverture passée sur ses épaules. Elle se grattait la tête, et de longues mèches de sa chevelure passaient entre ses doigts. Il ne l'avait pas entendue se lever, ni même approcher.

— Bonjour, toi, dit-elle en s'écroulant presque sur lui avant de poser ses lèvres sur sa tempe.

Sören étreignit son bras et parvint à articuler des mots d'excuse entre deux bouchées :

— Je ne suis pas très présentable.

— Ne dis pas de bêtises.

Il se leva tout en continuant à piocher des cuillerées de bouillie.

— Assieds-toi, je vais aller te chercher de l'eau.

— Ça va, bâilla-t-elle, je peux encore me débrouiller, tu sais. Tout va bien.

Mais elle s'assit pourtant, encore ensommeillée, tandis que Sören lui préparait à manger : quelques quartiers de pomme, du fromage, une galette au sirop de groseille – impossible de savoir ce qui aurait sa préférence, certains jours elle repoussait des aliments qu'elle avait toujours aimés. Il l'observait du coin de l'œil et remarqua qu'elle avait posé sa main sur son ventre. *Tout va bien.* C'était ce qu'elle devait se répéter en elle-même, la plupart du temps, c'était sa façon à elle de prier pour leur bébé, et la sienne consistait à ne pas cesser de préparer des choses. Éloigner l'inquiétude d'Anna, c'était se racheter. Car c'était sa faute. Il le savait ; il le sentait. Pas qu'elle se soit retrouvée enceinte – il ne demanderait jamais pardon pour les étreintes énergiques qu'ils avaient vécues dans les premiers jours de l'été –, mais de ne pas avoir mieux à lui offrir. Il y avait eu un temps (six hivers ? Sept ? Elle portait une robe en taffetas vert pour leur union) où son amour pour Anna était tel qu'il amplifiait le monde, et lui faisait respirer un air vibrant ; un temps où il s'était juré qu'elle ne méritait rien d'autre que la beauté. Puis le ciel s'était lassé, et l'avait rendu à cette odeur de sueur matinale et de gras de mouton, à cette maison étriquée, cette vallée. Au-delà encore il s'en voulait de s'être laissé faire. D'avoir vu ses ongles noircir. De tolérer que sa même main cure les sabots et touche la joue d'Anna. D'avoir cru que ce village suffirait, où on le saluait quelle que soit l'heure parce qu'il avait accepté d'être sergent, ce village où il vendait trois bêtes par an après la moisson, quand on leur avait offert les tiges d'orge dans les champs. Mais le bébé : le temps qui faisait une boucle, ronde et chaude sous les seins d'Anna, une courbe légère encore, une dette à honorer. Il avait fait une promesse.

— Voilà pour vous, belle dame, dit-il en présentant l'assiette devant elle.

Anna le remercia avec le même ton apprêté. Elle porta d'abord le fromage à sa bouche, puis renonça, avec une légère grimace.

— Je crois que je vais laisser ça, l'odeur me donne la nausée. Désolée pour les brebis.

Elle entama la galette et mâcha prudemment, comme si elle attendait que son corps lui donne son approbation.

— Es-tu allé les voir ce matin ? ajouta-t-elle.

— Oui, je leur ai ouvert. C'est peut-être une des dernières fois qu'elles profitent du champ. Je les emmènerai cet après-midi, ou demain. J'ai vérifié, aucune ne semble boiter.

Elle prit un morceau plus gros tout en hochant la tête, sans que Sören sache si c'était pour la nourriture ou pour ce qu'il venait de dire.

— Tant mieux.

— Il faut aussi que je fasse couper ces cheveux, dit-il en frottant sa main sur son visage, comme s'il était pris dans des toiles d'araignée. On sera prêts, après ça.

— Je pense que j'aurais pu tenir encore.

— Tu plaisantes ? Anna, tu tombes de fatigue un peu plus chaque jour, tout comme moi.

— Je ne sais pas trop. Je me sens…

Elle se tut un instant et essaya de penser. Elle prit conscience de la lourdeur de ses jambes, de son dos voûté. Se tenir droite lui demanda un effort.

— Tu as raison, reprit-elle. C'est peut-être le bébé.

Debout devant le volet, Sören regardait un voisin longer la route, un fagot grossier sous le bras.

— C'est comme si j'étais désorientée, tu sais ? Je crois que…

— Hmm ?

— Je crois que j'aimerais ne pas avoir à dormir. J'ai sans cesse l'impression d'oublier quelque chose.

Il regarda la pièce tout autour.

— Moi aussi. C'est normal.

Il souleva le rideau suspendu devant les étagères, où s'alignaient les bocaux de purée de céréales gorgée de miel, les morceaux bruns de gibier séché, les légumes nageant dans la saumure. Deux saisons de travail. Il aurait pu ajouter des filets de poisson – le lac des Noës regorgeait de brochets, et il se souvenait de la recette de marinade que son père lui avait confiée dans son enfance comme un secret absolu, lui faisant répéter les proportions exactes du mélange de mélasse, d'herbes et de sel –, mais trop d'heures passées dans le cabanon enfumé au bois d'aulne lui avaient donné des haut-le-cœur pour toujours. Il préférait le cerf. Il avait son affût, son arbre, où il grimpait et s'embusquait derrière un panneau de branches quand les jours s'allongeaient. Il n'avait qu'à attendre. La lumière dorée finissait par révéler les tourbillons des nuées d'insectes, et la harde émergeait de la forêt sans un bruit, attirée par les champs. Il s'était souvent dit, en les voyant se mouvoir comme des seigneurs prudents, qu'ils étaient conscients de sa présence. Qu'ils le voyaient. Accroupi là-haut, se retenant de pisser, la main serrée sur la poignée de l'arc de son père, en frêne vieilli, trop dur. *Tu es là*, disaient leurs yeux noirs, *tu es là et nous méprisons la mort*. Ils échappaient à la plupart de ses flèches, même tirées dans leur dos, il n'avait jamais pu surprendre un grand mâle – mais un faon, ou une jeune biche, quand le vent était avec lui.

— Tu penses que ça ira ? demanda Anna.

Elle appuyait son doigt à différents endroits de l'assiette pour rassembler les miettes éparpillées, avant de les poser sur sa langue. Sören réaligna les provisions par catégorie et les compta à nouveau, comme il l'avait fait une bonne dizaine de fois.

— Nous avons bien assez, tu n'as pas à t'en faire. Même si tu te mettais à manger pour deux.

Il se tourna vers elle, pensant la trouver en train de sourire de sa remarque, mais elle fixait la fenêtre, la bouche refermée sur son index. Il crut déceler que si son regard croisait le sien, ou qu'elle desserrait l'emprise de ses dents, elle se mettrait à pleurer.

— Oh, Anna...

Il alla s'accroupir près d'elle et posa sa tête sur ses cuisses. Il la sentit frémir. Le froid, ou des larmes retenues. Il pensa qu'il devait parler, même s'il ignorait quoi dire, parler sans s'arrêter. Il lui jura que tout se passerait bien, qu'il en était persuadé, qu'il était là et qu'il allait rester avec elle tout le temps. Il murmura qu'il avait peur, lui aussi, mais que ça n'avait pas d'importance, parce que la peur n'était pas tout à fait réelle, pas comme leur bébé. On disait qu'on pouvait les sentir bouger dans le ventre, et il espérait que c'était vrai, pour pouvoir demander à son enfant ce qu'il pensait des prénoms auxquels il avait songé en secret, surtout des noms de garçons, il ne souhaitait pas à une fille d'hériter des sillons de son visage. Elle eut un rire, scellé dans un sanglot. Ils restèrent là sans rien dire. Au-dehors, dans le ciel incliné, Sören voyait un nuage se défaire, pendant qu'Anna caressait son front dans un étrange réflexe de réconfort inversé.

— J'aime bien, moi, quand tes cheveux sont longs.

Il se dit qu'il aurait pu attendre là que le jour passe, peut-être même céder au sommeil, s'il n'avait pas eu aussi mal au dos dans cette position. La longue, longue nuit pouvait venir, tant qu'il était avec Anna. Ce n'était rien.

— Ils vont avoir tout le temps de pousser.

Sören avait mis un bon moment à rassembler les bêtes avec l'aide d'un fermier voisin, visiblement pressé, qui les avait affolées en agitant son bâton, puis il avait pris la tête du petit troupeau pour descendre à travers le village. Il y avait peu de risques qu'une brebis cherche à s'échapper seule par une des ruelles, et de toute manière un coup d'œil en arrière suffisait chaque fois que le fermier se mettait à gueuler des *Oh !* ou des *Rah !* en levant son bout de bois sur celles qui s'écartaient, alors il en avait profité pour observer les façades, quelles maisons étaient déjà fermées, et qui en était à rassembler le nécessaire. Il n'avait cessé d'accélérer le pas face au vent, pensant se débarrasser des frissons qui le pénétraient. La rue principale d'Igarka lui avait semblé plus haute. Presque impatiente. Comme si, vidée de ses habitants, elle le guettait et le poussait au fond de la brèche grise où il croyait pouvoir fuir. Il s'était attardé sur le moindre signe de vie perceptible. Une poignée d'échoppes proposaient encore d'entrer et de se ravitailler en couvertures, en bougies, en farine. Les gens en achetaient toujours plus qu'il ne fallait, pris par un désir incontrôlable d'accumuler : les stocks finissaient sur une étagère ou dans une malle, et on avait de la chance quand les souris les épargnaient. Sören avait pu échanger quelques mots avec les commerçants tout en avançant, ce qui les avait obligés à crier leurs réponses dans son dos, comme des malédictions. Il y aurait du pain pour quelques jours. Le tavernier tiendrait le plus longtemps possible, histoire de servir ceux qui aimaient s'offrir une dernière rasade (et souvent plusieurs dernières) avant l'arrivée du froid. Les choses suivaient leur cours sans que l'on sache si une force à l'œuvre les y poussait, ou si les hommes en étaient maîtres, tout comme Sören avait guidé ses brebis au milieu de la grande place, forçant les rares passants à se plaquer contre les murs. Un ou deux vieux l'avaient regardé avancer sans rien dire, comme s'ils lui vouaient une rancœur éternelle, mais il les avait salués quand même.

Maintenant il attendait son tour, devant l'un des enclos du temple où il livrait son bétail chaque année, comme les autres. C'était un regroupement bruyant de chèvres, de cochons, de volatiles qui faisaient claquer leurs ailes sans pouvoir s'envoler, de rares chevaux, immobiles et nobles au milieu du désordre. L'air était plein du mélange de leurs odeurs. Sören remarqua que le système de clôtures et de portails avait été développé, isolant les animaux de chaque propriétaire jusqu'à la fin de l'inspection. Sur le côté, l'immense grange était ouverte sur une petite montagne de fourrage qu'il fallait modeler en grimpant à des échelles. Avec tout ce boucan, il entendit à peine les pas près de lui, qui faisaient un bruit de succion dans la boue collante.

— Ah, Sören… je veux dire, sergent…

— Ça va, Jan, tu peux m'appeler Sören. Je suis venu vous confier mes bêtes.

L'autre les évaluait déjà d'un œil habitué, accoudé à la barrière.

— Elles ont l'air de bien se porter.

— J'ai vérifié moi-même. Tu peux les inscrire au registre, huit Abrincats à tête noire, il y a deux jeunes mâles.

L'homme se gratta la nuque et nota péniblement. Sören le regardait s'efforcer de contrôler son écriture hésitante. *Il va probablement se contenter de mentionner « huit moutons »*, pensa-t-il. Jan avait été éleveur pendant une bonne partie de sa vie avant d'intégrer le temple. Ce n'était pas le parcours le plus courant, mais cela arrivait ; la plupart y venaient par vocation, en imitant l'exemple d'un proche ou d'un autre Veilleur (quand on le leur demandait, il y avait toujours eu *quelqu'un*), d'autres s'étaient retrouvés orphelins trop tôt et n'avaient plus de famille, même éloignée, ou bien elle l'était trop. Certains s'engageaient par peur et croyaient se protéger de la nuit et de la solitude en intégrant le temple – ceux-là ne restaient jamais très longtemps, une fois qu'ils avaient compris ce que cela faisait à leur organisme. Tous finissaient par être conscients du sacrifice que cela impliquait – et Jan avait eu sa part sur ce sujet, depuis qu'une fièvre avait emporté toutes ses vaches, en laissant des larmes épaisses comme de l'écume autour de leurs grands yeux. On disait que c'était un mal qui dormait dans la terre. Il était resté sans rien, surtout pas le courage de recommencer, alors il avait vendu la ferme vide de ses parents, maudit le sommeil et il était devenu Veilleur.

La pointe de la plume devenait râpeuse. Jan la plongea dans l'encre, au fond d'une flasque nouée à sa ceinture. Le pauvre homme semblait subir un corps rapiécé. Une chevelure sèche et épaisse comme de la ficelle, une lèvre inférieure qu'il laissait pendre chaque fois qu'il devait réfléchir. En plus du réseau de veines rouges qui serpentait dans le blanc de ses yeux, ses joues avaient gardé des creux et des cicatrices d'adolescence. Le bout de ses doigts était mauve jusqu'à la première phalange, après quoi la couleur s'estompait : Sören reconnut la trace persistante de l'extrait de bourrache et de racine de prunellier qui servait à teindre les vêtements du temple. Il avait assisté au procédé une fois, et l'odeur l'avait heurté comme un coup de poing.

— Tu étais de corvée de teinture ?

Jan releva la tête d'un air intrigué, cherchant d'abord ce qui l'avait trahi, puis il avisa ses ongles.

— Ah oui, cette foutue couleur… ça finira par s'en aller.

Il eut une sorte de rire contraint, dévoilant des dents en meilleur état que ce que Sören aurait cru.

— Tout se passe bien au temple ?

— Comme toujours. Il y a beaucoup de travail ces temps-ci, évidemment.

— Je dois m'assurer que chacun ait fait le nécessaire, fit Sören en indiquant un point vague vers le village. Vous n'avez pas entendu parler d'un retard dans la participation, ou de quelqu'un qui ne se serait pas manifesté ?

— Pas que je sache.

— Et l'accueil des enfants ?

— Il y en a d'arrivés.

Jan le regardait à peine, il était surtout intéressé par les brebis et paraissait trouver leur inquiétude fascinante. Il leur tendait la main au travers de l'enclos mais aucune n'osait approcher. *Décidément*, songea Sören, *cet homme n'est pas du genre bavard.*

— Avec Anna, nous allons avoir un bébé.

Il ne savait pas pourquoi il venait de dire ça. Il ne l'avait pas prévu, et le regretta presque aussitôt. Il n'était même pas sûr d'en avoir déjà parlé, jusqu'ici il s'était plutôt dit que les gens du village finiraient bien par le remarquer eux-mêmes en voyant sa femme, et qu'ensuite la nouvelle se propagerait toute seule. Jan redressa sa lèvre, puis tout son corps, et bredouilla quelques félicitations d'un air gêné, comme s'il ne savait pas quoi faire de l'information.

— C'est une bonne nouvelle.

— Nous sommes très heureux.

Les mots qui sortaient de sa bouche étaient aussi gênants que le silence.

— Je vais te laisser, conclut Sören pour les libérer tous les deux, j'ai encore à faire.

Jan referma son registre dans un claquement lourd, et plaqua la reliure de cuir sur sa poitrine.

— Nous prendrons soin de tes bêtes pour l'hiver. Pas besoin de te rappeler que si une épidémie se déclarait par malheur, nous pourrions être amenés à…

— Oui, je sais.

— On te garderait les peaux. Ce serait toujours ça.

Pendant un court instant, un voile passa dans le regard du Veilleur, et Sören sut exactement ce qu'était ce trouble : l'homme songeait à ses propres vaches, dont il n'avait rien pu tirer. Il avait fallu tout brûler. C'était un souvenir qu'il n'avait pas, puisqu'il avait refusé de voir ça, et pourtant il le ressentait. Il aurait peut-être mieux valu qu'il y assiste bien en face, plutôt que d'avoir tout eu à imaginer à partir des restes. La longue traînée, jusqu'au bout de son champ, par où on avait tiré les cadavres, sûrement par les cornes ou par le cou, avec la langue pendante et les pattes raides, le cercle de cendres fumant encore pendant des jours, et au milieu le tas poisseux, plus noir que la nuit, barré de branchages carbonisés – des os. Cela dura une seconde, le temps d'un spasme, et Jan en revint au registre qu'il glissa sous son vêtement.

— Tout est noté. Sören, si je ne te croise pas d'ici là, je vous souhaite un sommeil tranquille.

Il eut le réflexe de vouloir lui serrer la main, se souvint de ses doigts bleus et mit le coude en avant. Sören le saisit comme il put dans sa paume, et le remercia selon la formule :

— Merci de veiller sur nous.

Sören attendit de s'être éloigné du champ de boue pour frapper ses chaussures contre un poteau en bois. Il avait vu ce qu'il souhaitait de la rue principale, et choisit de remonter par des quartiers adjacents, mais il ne croisa presque personne, tout juste quelques chats qui s'enfuirent à son approche en feignant de ne pas être effrayés. Il suivait des chemins faits de pavés inégaux, peu entretenus, souvent envahis de plantes dont il ignorait le nom, qu'il balayait du bout du pied lorsqu'il devait s'arrêter pour reprendre son souffle. Il était peut-être le dernier à les écraser. Sous peu elles auraient l'hiver pour elles et envahiraient les fossés, puis les champs, à moins que des sangliers ne les retournent. Autour de lui les maisons étaient closes, portes et volets. Pas de fumée s'échappant des toits. Il longea ce couloir éteint un moment, écoutant l'air qui ne lui apportait rien, et se représentant tous ces gens allongés sous leur rembourrage de plume. Certains l'entendaient passer peut-être dans leur moitié d'éveil, et l'accusaient dans le noir de les empêcher de sombrer. Il s'efforça de marcher sur les mousses entre les pierres. Quand il en eut assez il fit demi-tour, bifurqua finalement par une allée étroite qui sentait l'urine et se retrouva devant l'atelier du taillandier. C'était un bâtiment sommaire, une annexe adossée à la maison elle-même, gagnée à l'aide de poutres et de planches disparates enfoncées dans les murs, et recouverte de tuiles verdies. Deux gamins étaient assis sur le sol de terre battue, jouant avec des figurines en bois – en tout cas le plus grand jouait, l'autre se contentait de mettre ce qui ressemblait à un cerf sculpté contre sa gencive baveuse, à côté d'une dent de lait. Leur père était penché sur son atelier, un couteau entre les doigts, et Sören prit soin d'attendre un intervalle entre deux mouvements pour l'interpeller.

— Bonjour, Adrian.

Un sourire se dessina dans la barbe épaisse.

— Tiens ! Sören... mais entre ! Qu'est-ce qui t'amène ?

Les petits le suivirent du regard jusqu'à ce que leur nuque ne puisse plus pivoter, puis retournèrent à leur monde. Malgré la fraîcheur à l'intérieur, l'artisan avait enroulé les manches de sa tunique autour de ses biceps, qui semblaient encore plus massifs. Ses avant-bras étaient piqués de points blancs : un pour chaque étincelle que la fonderie lui avait crachée dessus. Sören choisit un tabouret bas et s'agrippa à l'angle de la cheminée pour s'asseoir. Ses genoux arrivaient presque sous ses épaules.

— Rien de précis, à vrai dire. Je passe un peu partout, je vérifie si tout le monde est prêt. Ce sera bientôt le moment.

— Eh oui...

Le taillandier arrêta sa phrase sur ces mots et attrapa un bol posé sur la table qu'il vida en deux lampées dans sa gorge de taureau. Du cidre chaud. Sören pouvait en sentir les vapeurs aigres. Puis Adrian eut un regard gêné à l'idée qu'il venait d'être impoli. Il se mit à chercher un autre récipient pour son invité, dérangeant des piles de vêtements en équilibre sur une malle, renversant des vieux pots dont le fond était sali de cendres. Sören craignit que son hôte ne finisse par essuyer son propre bol sur un pan de chemise pour le lui proposer, et il déclina l'offre par avance, prétendant qu'il n'avait pas soif – ce qui était à moitié vrai : il se méfiait surtout des productions d'alcool dont chaque fermier était si fier, et qui pouvaient vous brouiller l'estomac durant des heures.

Le taillandier revint s'asseoir, posant entre eux un sac de noix dans lequel il piochait. Il les écrasait par deux en les enfermant au creux de ses poings, ou les coinçait entre ses molaires dans une grimace terrible. Même au printemps, quand chacun sortait de chez soi et levait des muscles émaciés pour saluer timidement ses voisins, Adrian conservait une carrure impressionnante. Après un été de nourriture abondante, on aurait dit un géant à côté de Sören, recroquevillé dans son coin, qui se disait que cet homme aurait pu être sergent à sa place, s'il l'avait voulu, et si remplacer un taillandier avait été plus facile. Il aurait pu être une excellente source de problèmes, aussi. Avec assez d'ivresse ou de colère, impossible de maîtriser seul un gaillard comme lui. C'était heureux qu'il soit d'une nature tranquille, ou presque : il avait la fausse indolence de certains animaux sauvages, paraissant absent au monde la plupart du temps ; et puis une bûche éclatait dans l'âtre et soudain ses yeux lançaient comme un éclair de défi sur les braises.

— De ton côté, tout va bien ? demanda Sören.

— Comme tu vois. Si tu étais passé plus tôt, je t'aurais proposé de boire autre chose. Mais Eva est allée livrer au temple. Des couvertures et du linge. Et des personnages que j'ai sculptés. Pour les enfants. Je ne sais pas où elle range les infusions dans la cuisine, et si je fouille en son absence…

— Ne t'en fais pas pour moi.

— Elle dit que je ne vaux rien devant un fourneau. Enfin, pas ceux-là, ajouta-t-il en lançant des coquilles de noix dans le feu.

Sören hocha la tête, l'air entendu.

— Je la connais.

Il songeait à un moment précis du passé, il y avait bien dix ans, et à un brasier qui lançait ses étincelles au ciel : une des célébrations du Réveil, alors qu'il sortait de l'adolescence. Lui et d'autres garçons, frappant la mesure, l'esprit transporté par le cuivre de la bière, mais pas assez pour aborder les filles. Les musiciens ambulants avaient entonné un air nouveau qui n'était jamais parvenu de ce côté de la vallée ; une mélodie rapide sortie du luth. Le son du fifre les captivait d'une manière presque douloureuse. Et puis Eva s'était mise à danser, toute seule. Pieds nus. Il se souvenait de ça : ses pieds tournant dans la poussière au son du tambour, comme si c'était elle qui frappait. Le joueur de guimbarde faisait vibrer le métal dans sa bouche, et parvenait encore à crier. Eva était un cheval au galop. Un sifflement de faucon qui se jouait de sa robe en plongeant vers le sol. Aucun garçon n'aurait osé bouger, même s'ils se seraient damnés pour en avoir le courage. Ce fut après l'une de ses voltes qu'Eva s'immobilisa devant Adrian. La sueur lui roulait sur la nuque. Elle était un défi trop grand. Elle le considéra sans sourire, parce que malgré ce qu'elle s'apprêtait à faire, elle voulait que personne ne dise jamais qu'elle s'était laissé prendre. Elle attrapa sa main et l'entraîna autour du feu. Alors Sören avait su, en les regardant danser : il devrait y avoir d'autres fêtes, et quelques autres filles encore – et il y aurait Anna, ses lèvres sous les étoiles –, mais jamais plus Eva ne serait à quelqu'un d'autre.

L'enfant au cerf se mit à pleurer. Il avait fait tomber sa figurine sur le sol de poussière, et maintenant qu'elle était revenue dans sa bouche il n'en appréciait plus vraiment le goût. Son père se leva pour le consoler et essuyer la salive brune qui coulait sur son menton crispé. Sören en profita pour parcourir la pièce du regard. Rien n'indiquait l'organisation habituelle qui régnait en automne. Le matelas du couple était encombré de divers objets. Il crut même apercevoir de la vaisselle sous un panier de paille.

— J'imagine que tout ranger n'est pas simple.

— Tu l'as dit, fit Adrian en berçant son fils sur sa cuisse. Il faudrait que je m'y mette pour de bon.

Sören allongea prudemment ses jambes devant le feu.

— Une fois que vous aurez confié vos garçons, je suis sûr que ce sera l'affaire d'une journée.

— Pour être honnête, je pensais attendre que le voisinage se décide.

— Je crois que la plupart des gens se sont déjà retirés chez eux. Il n'y aura bientôt plus grand monde.

— Ah ? Même pas Anton ?

C'était le meunier, au bout de la rue. Sören secoua la tête. L'artisan réfléchit un instant.

— C'est vrai que je ne suis pas vraiment sorti ces temps-ci. Nous sommes peut-être un peu en retard. Je me laisse facilement dépasser par tout ce travail.

Il montrait les lames étalées sur son établi. Quelques racloirs pour les peaux, des taillants à pierre, la virgule tranchante d'une faux. Un mensonge un peu trop simple que Sören fit semblant de croire : s'il y avait bien une chose inutile durant les mois de sommeil, c'étaient les couteaux. Adrian avait incliné son visage épuisé vers la tête du bambin. Il caressait ses fins cheveux bouclés.

— Bon, le temple reste ouvert, poursuivit-il. Vous y serez bien avec ton frère. Hein, Nils, ils s'occupent bien de toi ?

Le fils le regarda sans rien dire, ce qui valait sans doute un oui.

— La saison est déjà bien avancée.

Adrian garda les yeux fermés un instant, puis capitula. Les mots qu'il prononça ensuite montèrent d'un endroit de son cœur qui était pesant.

— Ce n'est pas facile, Sören. Ils sont si petits. Eva en a pleuré encore hier. Tu n'as pas d'enfant, tu ne peux pas savoir.

Non, il ne pouvait pas, même si une partie de lui commençait à le deviner. Il faudrait encore un an avant qu'il n'ait à confier son bébé aux nourrices du temple. Il entrevoyait vaguement une sorte de peine à venir, qui n'avait pas de contours sinon ceux de la peine d'autres couples, comme en cet instant. L'idée qu'un père puisse souffrir lui avait été jusque-là étrangère. Les petits naissaient au printemps, et deux saisons plus tard on les laissait quand venait le froid, pour cinq ou six mois, presque autant que leur vie depuis qu'ils étaient nés. C'était une évidence. Il n'avait aucun souvenir précis d'une éventuelle tristesse de ses parents, ni qu'ils en aient jamais parlé. Jusqu'à ce qu'il ait lui-même huit ans et qu'il se mette à dormir, ses hivers passés au temple se résumaient à des scènes banales, dont il n'avait jamais questionné le bonheur : il y avait bien des pleurs parfois dans les dortoirs mais une nourrice surgissait toujours en trottinant, elle fredonnait une berceuse, et c'était ce qui lui restait en mémoire, un chant sur des journées de jeux avec les autres de son âge, une course dans la neige, des enfants, rien que des enfants à vrai dire, et des adultes bleus autour qui se chargeaient de tout. Jamais il n'avait pensé que l'ordre des choses pouvait être douloureux. C'était aussi simple que ça.

— Préviens le temple qu'on va leur confier les enfants.

Sören ne répondit pas tout de suite. Il se mit debout lentement et réchauffa son dos à la cheminée.

— Non. Toi et Eva, prenez le temps qu'il vous faudra. Avertissez-moi simplement s'il vous manque quoi que ce soit.

Adrian leva sur lui des yeux humides de fatigue et de reconnaissance.

— Tu es sûr ? On ne veut pas causer de problèmes.

— Rien ne vous oblige à respecter un quelconque délai. Trois jours, une semaine, ou plus, tant que vous êtes prêts ça ira.

Le fils du taillandier se tortillait maintenant ; son père le laissa repartir à quatre pattes vers son frère, puis tendit sa large main à Sören.

— Si je peux faire quelque chose…

Sa paume était rugueuse, recouverte d'années d'efforts, ses doigts se refermaient comme des pinces. Mais il était franc.

— En fait, ça se pourrait. Tu as déjà coupé des cheveux ?

Sören reprit les mêmes chemins vides en sens inverse jusqu'au centre du village. Il garda les yeux baissés sur les pavés et leurs anneaux d'herbe, sans les considérer vraiment, porté par un soulagement irréel auquel il ne parvenait pas à céder. Son esprit était une brume. Il sentait le vent glisser sur ses tempes et tracer un bandeau froid autour de sa tête, là où ses cheveux avaient disparu. Oubliait-il un détail ? N'y avait-il pas, encore, une précaution qui lui échappait ? Le besoin de dormir alourdissait ses pensées mais il finit par se persuader que, peut-être, il s'était occupé de l'essentiel à présent. Il rejoignit le bruit de la grande place, dominée par l'ombre haute du temple. Le jour entrait dans son dernier quart. Il marcha lentement le long des enclos et rendit les sourires qu'on lui adressait, entre deux bâillements. Personne ne l'aborda pour lui demander quoi que ce soit, ni ne s'attardait à rien. Les habitants rentraient chez eux, ils paraissaient fuir un orage, comme s'ils savaient quelque chose que Sören ignorait. Il suivit du regard les troupeaux, précipités et inquiets, que l'on menait derrière les murs, sur lesquels se refermaient les plus lourdes portes qui existaient dans le pays. Bientôt l'hiver tomberait. C'était une certitude, un avertissement dans l'air que tout le monde ressentait : l'agitation des dernières semaines n'était rien d'autre qu'une hâte pour y faire face. Il n'y avait déjà plus de voyageurs, les marchands avaient cessé leurs visites, d'ici peu il n'y aurait que le temple. Dernière lumière, seule vie.

Sören frotta ses mains transies l'une contre l'autre, puis les porta à sa bouche, espérant que la chaleur de son souffle calmerait les piqûres dans ses doigts. Il s'adossa à un mur de pierre et resta là un long moment, à regarder le ciel clair qui semblait incapable de rayonner aussi bas. Les gens qui avaient fondé ce sanctuaire, plusieurs générations auparavant, l'avaient bâti au fond d'une pente, en contrebas des maisons, et nul ne savait plus pourquoi. On racontait dans la vallée qu'ils avaient manqué de prévoyance et qu'à la fin, après avoir construit leurs propres cabanes, il n'était resté que cet endroit-là, qu'ils ignoraient que le temple serait livré aux inondations encerclant les murs à chaque dégel, ou encore qu'ils avaient voulu que personne ne s'estime inférieur. Sören était convaincu que les fondateurs avaient dû se sentir à l'abri dans ce creux du monde. Ils y avaient tracé une route pour y tomber, bien droite de ce côté du vallon, plus sinueuse sur l'autre versant : ce chemin-là avait dû être gagné lentement sur les bois, une preuve de plus que personne n'avait vraiment imaginé qu'on voudrait traverser cet endroit. Les maisons avaient poussé en essaim, serrées ensemble. Une vingtaine sur le flanc nord, à peu près autant vers le sud, et des fermes plus éparses tout autour. Des graines tombées à l'écart du sillon, prises par le vent. Des murs en roche taillée, du bois enduit de torchis : Igarka était peuplé de braves gens pour la plupart, occupés par leur bétail, par la culture des mêmes légumes, par l'orge surtout, le long de champs immenses qui donnaient l'impression, l'été, que le village ondulait sous des collines blondes. Cela leur suffisait. Ils n'étaient pas résignés, ni sages, simplement ils s'en trouvaient rassurés. D'ailleurs, n'était-ce pas ce que tout le monde recherchait ? Un refuge, le meilleur qui soit ?

Il leva les yeux. L'ombre d'une aiguille timide commençait à s'étirer sur la façade du temple : une autre œuvre des premiers bâtisseurs, qui avaient fixé cette flèche de bronze au sommet pour servir de cadran solaire, sur le parvis, grâce à des piliers de calcaire. Mais il ne restait plus que celui qui indiquait midi (avec assez d'exactitude la moitié de l'année), dont les marchands profitaient pour attacher leurs chevaux. Peut-être avait-on fini par avoir besoin des pierres pour autre chose, ou peut-être n'avaient-elles jamais été édifiées, et les hommes s'étaient arrêtés là. Sören imaginait sans peine leurs accolades satisfaites. Ils avaient dû retourner à leurs bêtes, à leurs céréales, aux heures indistinctes que l'on ne mesurait pas.

Tout au fond de lui, il avait peur de finir comme eux.

C'était une crainte qui le laissait en paix la majorité du temps (il y avait toujours assez de tâches à accomplir pour ne pas penser, et ensuite une fatigue supérieure qui vous privait de tout), mais elle ne le quittait pas. Elle surgissait soudain. Il y avait des ronces comme cela, qui croissaient à l'ombre des talus, si vite qu'on aurait pu les voir ramper d'un jour à l'autre ; si l'on n'y prenait pas garde, leurs branches entremêlées, impénétrables, devenaient des bosquets noirs où seuls les lièvres plongeaient. L'idée avait dû pousser de cette façon en lui. Ou se creuser un terrier, si profond qu'il n'y avait plus rien à faire. C'était ce que faisait le temps. Des galeries patientes, qui se révélaient trop tard.

Durant des années, Sören ne se souvenait pas d'avoir vu vieillir son père, et puis un jour il avait remarqué ces trous dans la toile de ses vêtements, qu'il ne se donnait plus la peine de rapiécer. Des accrocs sans importance, mais qui n'étaient plus combattus. Ensuite les sacs de grains étaient devenus de plus en plus lourds, ou trop hauts. Quand il retirait sa chemise, la peau de ses bras était plissée. Il se mit à aimer rester assis pour regarder les collines, du moins on le disait – sinon comment expliquer le fragment de sourire qu'il avait au coin des lèvres ? –, seuls ses sourcils sursautaient au passage vif d'un martinet, et quand il finissait par se lever, il se tenait immobile un instant, comme s'il cherchait quoi faire, ou bien l'endroit où aller à présent.

Sören ne voulait pas être comme ceux de la vallée. Ce n'était pas par honte, ni par dégoût – rien qui ressemblât à du mépris –, plutôt la certitude confuse que l'habitude finirait par le vaincre. Les années lui feraient suivre le cours d'un fleuve qu'il connaissait par cœur, celui de son père, et de tous les pères avant lui, et il redoutait de se retrouver assis devant l'horizon, assagi ou amer, résigné ou déçu, mais certain qu'il lui avait manqué quelque chose.

Un frisson secoua ses épaules. Il espéra que la marche dissiperait ces idées et remonta sans tarder la rue principale, désertée. Il ne croisa qu'une femme sur le pas de sa porte, un balai à la main ; l'épuisement lui ouvrait étrangement les yeux et lui donnait un air épouvanté. Elle fixa Sören et mit un moment avant de répondre à son signe de main, comme si elle n'était pas certaine de sa mémoire ou de la réalité de ce salut. *Les cheveux, sans doute*, pensa-t-il en avançant. Son estomac creux se contractait de plus en plus. Il fit une première halte chez le boulanger pour lui acheter un pain noir, épais, qu'il entama sans attendre, et une seconde, presque au sommet de la pente, pour reprendre son souffle. Son corps alourdi l'obligeait à ces pauses régulières. Comme à chaque automne, il se sentait recouvert d'un surplus absurde de peau, qui débordait mollement sur sa ceinture et sous ses bras. Et toujours cette envie de manger. Il tourna la tête vers un groupe de moineaux qui piaillait dans un bosquet voisin, en sautant vivement d'une branche à l'autre. Il jeta des miettes dans leur direction mais le vent les rabattit presque à ses pieds, et le geste de sa main avait effrayé les oiseaux. Ils s'envolèrent pour se poster dans un aulne dégarni et adressèrent à Sören de nouvelles protestations stridentes.

— Vous n'aurez qu'à les prendre quand je serai parti. Je vous les laisse.

Et même le reste, pensa-t-il. *Vous allez avoir la vallée pour vous.*

Derrière lui le village s'éteignait : une impression qu'il était bien incapable de s'expliquer. Elle dépassait l'absence de bruits, de mouvements ; la lumière même s'estompait autour des bâtiments, et le paysage prenait la couleur de la solitude, dévoilant son effrayante sécheresse. Sören arracha un autre morceau de pain et le mâcha, bouche ouverte. La saveur du malt lui emplissait les narines. Dans le champ le plus proche il perçut un mouvement sous la ligne des arbres. Un chevreuil, dont la tête s'inclinait régulièrement vers le sol. Il devait dévorer quelques pousses de seigle, et bientôt plus aucune présence ne l'effraierait lui non plus. Sa robe se fondait dans les feuillages bruns. Sören scruta la lisière à la recherche de ses congénères, sans rien déceler. Il songea qu'Anna aurait aimé voir ça. Une légère honte le gagna, comme chaque fois qu'il réalisait qu'elle n'avait pas été la seule préoccupation de ses pensées. Il eut envie de la retrouver, de façon presque inquiète. Quand son regard revint au chevreuil, l'animal avait disparu.

Dans la cour il s'abreuva à la pompe et se rinça plusieurs fois la bouche, pour en déloger les morceaux de nourriture qui auraient pu se voir entre ses dents. Il essuya ses mains dans ses cheveux, les ébouriffa, puis entra dans la ferme. Anna se tenait devant le fourneau et faisait cuire des galettes de blé, qu'elle couvrait d'une lanière de viande grasse.

— Un repas de fête, se réjouit-il.

Ce serait sûrement le dernier, après quoi ils se mettraient au lit jusqu'au printemps. Autant en profiter. Il déposa sur la table ce qui restait de la boule de pain, amputée d'un bon tiers, comme creusée de l'intérieur, et alla embrasser Anna, au creux de la nuque d'abord, en regardant la pâte crépiter dans la poêle. Elle inclina la tête, lui ouvrant son épaule. Il l'enlaça. Le bébé formait une bosse autour de son ventre.

— J'ai cru que tu ne rentrerais pas à temps, dit-elle. J'allais devoir me mettre à table sans toi.

— Tu n'aurais pas avalé ça toute seule.

— Nous avons très faim ces temps-ci, figure-toi, répondit-elle en posant ses mains par-dessus les siennes, sur le nombril rebondi.

Il lui donna un long baiser, sur la bouche cette fois – un baiser réconfortant et chaud, tendre et délicieux, impatient que ses lèvres le débarrassent de tout.

Quand elle se détacha de lui, elle glissa les doigts dans ses cheveux désormais courts, étudiant chaque côté de son crâne avec une moue rassurée. *Pas trop mal.*

Ils mangèrent lentement, savourant chaque bouchée, en regardant souvent le paysage sans rien dire. L'écharpe d'un nuage immense et clair se morcelait peu à peu. Il faudrait quitter des yeux tout cela ce soir, nettoyer la table, puis la pièce.

— Où en sont les préparatifs du temple ? demanda Anna en mordant dans un gâteau parsemé de graines de fenouil.

— Tout se déroule bien. Leurs celliers ont été approvisionnés, et je crois qu'ils entassent les dernières contributions de bois.

— Et pour les enfants ?

Il essuya les coins de sa bouche avec une serviette.

— Les plus grands sont dans le dortoir, les autres déjà sous la surveillance des nourrices. J'ai compté une dizaine de chèvres dans les enclos. Elles donneront assez de lait.

Elle tourna son visage vers la cime des arbres et l'horizon, comme si elle voulait aller le plus loin possible.

— Est-ce que tu réalises que dans un an… ?

Sören comprit qu'il avait été plus facile pour elle de ne pas le regarder, pour dire ça. Il eut le cœur écrasé. Il attrapa sa main à côté de l'assiette huileuse, et la serra.

— Je crois qu'il est bien trop tôt pour y penser. Et si tu continues à t'en faire, je jure de me couper les cheveux moi-même.

Elle se mit à rire, et il sut que dans le noir des prochains mois, ce serait ce qui lui manquerait le plus.

La nuit, ou presque : une lueur d'étoiles filtrant à travers le volet de la chambre. Sören avait fini par trouver une position, sur le dos, une jambe repliée contre le corps d'Anna, les mains sous le nombril. Il était immobile sous les épaisseurs de couvertures, mais son esprit n'avait pas encore cédé. Il savait que cela viendrait. Dès qu'il aurait fini de réfléchir, ou que le sommeil aurait débordé même l'agitation de ses pensées. Il savait aussi qu'il bougerait encore ; il serait réveillé par le contact de la laine sur son nez, un fourmillement dans ses doigts surélevés, privés de sang, un spasme d'Anna qui s'endormait. Peut-être était-ce cela qu'il attendait surtout. Être certain que tout était accompli. Être le dernier. Il se tournerait sur le côté, tasserait l'oreiller et ce serait fait.

Pour l'instant ses mains pesaient sur son ventre. Il écoutait le bruit de sa respiration, s'efforçant de la rendre infime. Un parfum chaud de lavande s'échappait par moments du drap : celui du bain qu'ils avaient pris tous les deux, plus tôt dans la soirée. C'était elle qui ajoutait des fleurs odorantes au mélange d'huile et de cendre qui leur servait à se laver et formait une pellicule trouble à la surface. Sören s'était d'abord longuement débarrassé de sa crasse, satisfait de voir noircir la bassine sous ses pieds, avant de faire chauffer d'autres seaux puisés à la pompe. La lumière du jour avait décliné. Ils étaient restés dans l'eau fumante jusqu'à ce qu'elle soit aussi tiède que leurs corps, et qu'ils ne sentent plus ce qui les enveloppait. Il avait enlacé Anna, caressé sa peau, comme pour répondre à une impatience, pas le désir de s'unir à elle – cette envie-là s'éteignait avec la fin de l'été, et ne les reprenait qu'après le Réveil –, mais le besoin de sa présence. Ensuite il avait vidé le baquet dehors, et fait un dernier tour de la maison à la lueur d'une bougie. La porte et les volets. L'eau. La nourriture disposée sur la table, comme pour un banquet à venir, servi dans une pièce vide dont tous les objets avaient été entassés dans la remise. Voilà. Chacun s'était retiré chez soi, le temple était plein de ceux qui ne dormaient pas, il avait accompli son devoir.

Il entendit un léger tapotement dans l'obscurité. Un oiseau sur le toit ? Et puis des dizaines soudain. Il pleuvait. Sören déplaça ses mains jusqu'aux crêtes de ses hanches. Quand il émergerait, d'ici quelques mois, elles seraient saillantes à nouveau. Anna aurait un ventre rond pour la première fois. Il tourna la tête vers son visage, sans le distinguer vraiment. Y avait-il un risque qu'elle se blesse ? Il chassa cette idée. Elle connaissait la maison et trouverait son chemin, comme toujours. Il avait retiré les chaises et installé un banc par précaution. Et même si elle devait se cogner le pied, en aurait-elle le moindre souvenir ? Sören, lui, n'en gardait jamais aucun du long sommeil, tout au plus des sensations, aussi imprécises que des morceaux de rêve, qui se détachaient de lui dès qu'il était conscient et qu'il faisait ses premiers pas jusqu'à la cuisine en désordre. C'était l'une des visions les plus perturbantes, davantage que la maigreur ou que de retrouver sur ses doigts des restes indéfinis de nourriture sèche, qui n'étaient peut-être pas que de la nourriture : se réveiller après des mois et faire face aux aliments disparus, renversés, aux relents d'excréments et d'urine au fond des bacs, que les copeaux de bois de pin ne parvenaient pas à effacer.

Il bâilla, encore, et chercha une pensée plus agréable sur laquelle se laisser dériver. Le bébé, bien sûr. À la fois espoir et certitude. Le bébé qui n'était qu'une image, garçon et fille. Ces dernières semaines, Sören s'était représenté des moments qui n'existaient pas encore, dans lesquels l'enfant marchait déjà, et savait l'appeler. Il lui apprenait à nager dans le lac, derrière le bois des Noës, à pêcher. Il l'emmenait prendre soin des agneaux. Mais le nourrisson était absent de ces rêveries. Il ne voyait pas quoi en faire : tout se résumait à tenir son enfant dans ses bras. Il songea qu'il faudrait lui fabriquer un lit. L'installer près du leur. Allait-il s'endormir sur cette image ? Ce n'était pas si mal ; le sommeil le rapprocherait de sa réalisation. De l'arrivée du bébé. De tout. Ses pensées lui échappaient. Il peinait à se concentrer, ou à les retenir. Sa mémoire devenait liquide. Comme la pluie, qui continuait. Elle tombait avec une régularité tranquille sur le toit. Contre les murs. Le long de sa propre conscience. Il n'eut plus envie de rouvrir les yeux.

II

« Elle saigna trois gouttes de sang
qui se répandirent sur le blanc :
on eût dit une couleur naturelle. »
CHRÉTIEN DE TROYES, *Le Conte du Graal*

Tout au fond, on frappait. Des assauts si indistincts qu'ils ne venaient pas seulement de loin, mais de *longtemps*. Les coups s'avançaient à sa recherche, ils avaient une bouche et répétaient la même chose, un mot qui était une alerte, une exigence – mais il ne parvenait pas à l'identifier. C'était un langage inconnu, ou bien on lui avait ôté la capacité de comprendre. Il avait un corps lui aussi désormais, il était dans la même réalité que ce bruit, ce cri de plus en plus élevé tandis que son corps devenait lourd. Le martèlement battait tout autour. Il crut d'abord qu'il était un cercle, mais une autre pensée se solidifia. Il était le centre. La cible. Le son le désignait, lui.

— Sergent !

Sören s'éveilla, cette fois. Son cœur cognait plus fort que le poing contre sa porte. Il eut envie de gueuler d'arrêter mais il n'était pas certain de se souvenir comment hurler. Il se traîna hors du lit et se retrouva à genoux. Anna était une forme qui grognait sous les couvertures. Il rampa ainsi plusieurs mètres jusqu'à la cuisine sur ses articulations mécontentes, avant de prendre appui sur le banc, pendant qu'on frappait toujours et qu'on l'appelait et qu'il jurait entre ses dents – *ça suffit, bordel.*

— Sergent, ouvrez !

Il réussit à tenir debout et tituba jusqu'à l'entrée, puis il plaqua sa main sur la porte, reprenant son souffle, tendant sa gorge pour pouvoir articuler. Les coups vibraient dans son crâne.

— Je suis là. Qu'y a-t-il ?

Il savait encore parler, même s'il en avait douté jusqu'à ce que les mots surgissent. Sa propre voix lui avait semblé limée, étrangère, comme mêlée à une poignée de sable.

— Sergent, il faut venir.

Tête baissée, Sören voyait qu'il faisait jour dehors. Une ligne de lumière crayeuse courait sur ses pieds. Il vit aussi qu'il était nu, et qu'il n'allait pas tarder à frissonner.

— Sergent ?

— Oui, un instant.

Il doutait d'avoir laissé des vêtements ici. La pièce croupissait dans la pénombre. Il discernait les rations répandues sur la table, les taches un peu partout. Maintenant qu'il y réfléchissait, il était certain d'avoir écrasé quelque chose de poisseux tout à l'heure. Il déverrouilla la remise et s'empara d'un manteau et d'un pantalon, qu'il dut resserrer autour de sa taille. Il pouvait enfin soulever la barre qui bloquait la porte principale. Il entrouvrit. L'extérieur l'aveugla tout d'abord, l'empêchant de le regarder en face, et avec le soleil se rua un air frais, enivrant, qu'il n'avait pas respiré depuis des mois, et qui semblait étrangement impatient de se mêler à l'haleine puante de la maison.

— Pardon d'avoir insisté, sergent, mais c'est très important.

L'homme qui lui parlait avait une mine épouvantable, et une voix familière. Ses lèvres sèches s'agitaient sous une barbe broussailleuse qui poussait presque jusqu'au bord de ses orbites. Il avait un regard penaud et inquiet à la fois, sous des touffes de cheveux gras, collés en paquets, arrangés sans attention. Le portrait défait d'après le long sommeil. *Voilà à quoi je dois ressembler*, songea Sören. Il eut besoin d'un moment pour remettre un nom sur ce visage. Un éleveur. Une ferme sur le coteau.

— Finn… qu'est-ce qui se passe ?

— Il est arrivé quelque chose. Le vieux Matteus. Il ne s'est pas réveillé. On n'a rien touché. On s'est dit avec les autres qu'il fallait vous prévenir.

— Les autres ?

Le type fit un pas de côté. C'est alors seulement que Sören vit le petit groupe de villageois en train de les fixer, plus bas sur la route. Quatre, peut-être cinq. Sa vision était floue.

— C'est bon, je m'occupe de ça. Écoute, laisse-moi juste le temps de…

— Je vais attendre ici.

Sören repoussa la porte et eut besoin de s'asseoir par terre. Il attendit que sa vue s'accoutume à nouveau à l'obscurité. Son cœur heurtait ses côtes comme un cheval furieux. Il se demanda par quoi commencer. Tout affluait en lui. Anna et le bébé à côté. Le sol dur sous ses fesses qui le démangeaient. Il avait froid, vaguement faim, mal dans le dos, et l'horrible sensation que des croûtes adhéraient à plusieurs endroits de son corps. De la salive s'accumulait dans sa bouche. Il était en train de se réveiller, et avec lui la puanteur de la pièce. Les pensées venaient à lui comme des mouches sur les yeux d'une bête. Il aurait dû les balayer, passer de l'eau sur sa tête, mais il était absorbé par sa respiration, et par un voile rauque qu'il essayait de cracher hors de ses poumons. Il n'était qu'un sac vide et le monde lui tombait dessus en exigeant d'être gouverné. Il sut qu'il allait demeurer là encore un moment, jusqu'à trouver la force de se lever et de sortir examiner un mort.

Matteus habitait une ferme posée au bord d'un champ. Ça n'avait jamais été loin, et pourtant Sören trouva le chemin plus difficile que dans ses souvenirs.

Ses muscles étaient faibles. Il observa la vallée nue, privée encore de sa fécondité, sinon pour les prés envahis de plantains et de chardons et quelques bouquets d'ortie rouge sur les talus. Le parfum de l'humus avait disparu, remplacé par une traînée musquée qui lui évoquait ces onguents que vendaient les camelots du sud. Au fond, il était incapable de définir ce que le paysage avait de différent, et n'était habité que par cette impression, qu'il avait à chaque fois, que tout avait changé sans lui. Il avançait à pas lents, ce qui n'empêchait pas les quelques habitants derrière lui de maintenir entre eux une distance respectueuse. Le malheur s'était abattu et on laissait Sören se présenter à lui en premier. Seul Finn avait marché à sa hauteur, sans cesser de se tordre les mains. Il s'était arrêté bien avant la porte.

— Vous avez laissé ouvert ?

— C'est comme c'était, sergent. C'est pour ça qu'on a cru que Matteus était réveillé. Mais personne ne l'avait vu, et le volet était refermé. J'ai pensé frapper… c'est là que j'ai senti l'odeur. J'ai quand même passé la tête à l'intérieur.

Les yeux de l'éleveur semblaient chercher à rouler hors de sa figure.

— Ça ira, Finn. Je vais vérifier.

Sören avait déjà vu des morts – à commencer par ses parents, allongés sous la terre de la vallée depuis des années. Il y avait des tas de morts. Certains toussaient tellement qu'ils retrouvaient du sang sur leur langue, et partaient dans la fièvre. Il y avait ceux qui tombaient d'un coup, sans avoir le temps de parler, ceux qui pâlissaient et prononçaient encore un mot, souvent un prénom, celui d'une personne déjà morte ou de quelqu'un qui arriverait trop tard et pleurerait pour ça. Et ceux qui ne traversaient pas l'hiver. Ils avaient l'air de dormir encore, et souriaient parfois, il suffisait de tirer le drap au-dessus de leur tête.

Mais pour le vieux Matteus, c'était différent. Sören s'en rendit compte à l'instant où il pénétra dans la maison. Le corps en partie décomposé reposait sur le lit, ses bras sans muscles repliés contre le torse, les os des mains tendus comme des serres, happant encore le vide. La peau avait fondu. Une auréole cireuse imprégnait le matelas. Le crâne du vieil homme était entouré de quelques cheveux blanchis, et en dessous ses yeux avaient séché comme des fruits au soleil ; il n'en restait qu'une pulpe grisâtre recouverte d'une pellicule ridée. Sa bouche, surtout, était ouverte, figée dans un cri sans lèvres, un hurlement cerclé de dents. Il faisait sombre, et Sören n'avait aucune envie de se pencher davantage, mais il y avait *quelque chose* dans cette bouche.

Il avait déjà vu des morts, oui, mais rien qui ressemblât à ça. Il fut parcouru d'un frisson nauséeux et dut tourner la tête.

Finn le héla depuis la cour :

— Alors ?

Sören ne voulut pas élever la voix. Il se rapprocha de la porte pour répondre que le vieux était bien mort, et se chercha une chaise pour le cas où il se sentirait mal. Si l'on exceptait la vision effroyable qui pourrissait sur le lit, le reste de la maison était en bon ordre. Des rongeurs avaient dû entrer, à en juger par les crottes sous les meubles. Des mouches aussi, les premières de la saison, nerveuses et impatientes. Mais pas de nourriture sur la table. Rien qu'un bol propre, une cuillère. Le sol n'était pas souillé.

— D'après ce que je vois, Finn, ça fait assez longtemps.

Il entendit la rumeur navrée des villageois. Le deuil imposait certains rites, mais il y avait peu de chance que quiconque souhaite veiller un cadavre dans cet état.

— Dis à ces gens de rentrer chez eux. Je me charge de prévenir le temple.

— Comme vous voudrez, sergent.

— Et tu peux me laisser toi aussi.

Il prit sa chaise avec lui, sortit respirer un peu d'air et les vit s'éloigner. Il s'efforçait de mémoriser chacun des visages qui l'avaient accompagné, en espérant que l'un d'eux allait se retourner. Aucun ne le fit. Ils repartaient en se lamentant, ou en songeant secrètement aux terres qui allaient être vendues. Sören aurait aimé retrouver sa maison, lui aussi ; embrasser Anna, se plonger dans un baquet d'eau chaude, manger – non, il n'avait plus faim. Mais il allait devoir rester. Franchir encore la porte puante, observer la pièce, et s'approcher du corps.

Parce que quelque chose n'allait pas.

Le ciel était balafré au-dessus des collines : les nuages épais s'ouvraient en un bandeau clair depuis lequel on voyait tomber les rayons de lumière, mais Sören n'y prêtait pas attention. Il songeait à ce qu'il y avait au fond de sa poche. Il croisa plusieurs parents qui revenaient du temple, portant leurs petits dans leurs bras ou leur tenant la main, heureux de la moindre parole. Le bruit revenait dans les rues, les animaux retrouvaient leurs enclos. Et lui, il s'efforçait de ne pas serrer trop fort ce qu'il cachait dans sa paume. Ce que le mort avait dans la gorge.

Il franchit le mur d'enceinte par la porte principale et se retrouva mêlé au bruit de la cour : une vingtaine d'enfants jouaient, leurs cris renforcés par l'écho. Ils s'arrêtaient un instant pour dévisager chaque adulte qui arrivait, dans un réflexe presque simultané, comme s'ils n'étaient qu'un esprit – puis ils reprenaient leur course en tous sens. Sören croisa le regard d'autres villageois et il lut sur leurs visages une sorte de nervosité, qu'il éprouvait sans doute lui aussi, à l'idée de devoir se réhabituer au vacarme et à la pagaille. Plusieurs Veilleurs accueillaient les parents, entourés d'un chapelet de petits protégés qui restaient collés à eux, parfois accrochés à leurs vêtements. Quelques garçons, penchés sur la terre et les cailloux, se partageaient le droit de faire avancer une minuscule charrette dont les roues tournaient vraiment, qu'ils chargeaient de brindilles avant de la vider plus loin et de recommencer. D'autres avaient ramassé des branches pour se poursuivre en grognant, et frapper les pierres, les troncs, le vent, dévaler les escaliers de leur pas lourd – où apprenaient-ils, si petits, à avoir des pieds si pesants ?

Sören prit soudain conscience qu'une petite fille le regardait sans bouger, dans son coin ; ses lèvres dessinaient une sorte de O, comme si ses yeux ne suffisaient pas à absorber ce qu'il y avait devant elle. Elle serrait un morceau de chiffon, cousu selon la forme d'une robe d'où n'émergeaient ni bras ni jambes, juste un visage rond brodé de traits en laine noire. Il nota qu'un foulard était noué autour de ses cheveux, des cheveux clairs, légèrement ondulés, comme s'ils avaient été mouillés par la pluie. Il songea à lui dire bonjour, mais il se souvint de ce qu'il avait vu une heure plus tôt, de ce qu'il tenait dans sa paume, et il n'eut plus envie de sourire. Un Veilleur finit par venir à sa rencontre et accepta de le conduire dans les étages. Ils traversèrent la cour et ses allées tracées en croix, bordées de végétation – principalement des cultures de cynorrhodons, des argousiers boursouflés de grappes orange, et d'inévitables plants d'hellébore noir –, puis disparurent par une ouverture étroite dans le mur, de la taille d'un homme. Des chandelles allumées tous les cinq pas, enfoncées dans des niches entre les pierres, tressaillirent à leur passage. Les voix commencèrent à s'estomper derrière eux, jusqu'à se limiter à une vibration sourde, pleine, brisée par quelques rires clairs. Le silence fit à Sören l'effet d'une douleur disparue. La vibration d'une nuée d'insectes qui se serait enfin tue.

Ils arpentèrent le dortoir, désormais presque vide. Il ne restait qu'un ou deux vêtements d'enfants posés sur des draps froissés. Sören croyait se rappeler qu'il dormait là, à leur âge, près de la grande cheminée. Il aimait entendre le feu lorsqu'il fermait les yeux, ce soupir régulier qui enveloppait la nuit, quand il mimait le sommeil au passage lent d'un adulte. C'était une sensation confuse. Le fait même d'avoir dormi ici était un souvenir lointain, qu'il associait à des murs très hauts.

Finalement son guide le mena à une porte ronde du deuxième étage, recouverte de volutes en métal. On lui demanda d'attendre à l'intérieur et on le laissa dans un calme qui lui parut raffiné. Deux larges sièges étaient disposés près des fenêtres. On les avait recouverts de tissu, et rembourrés. Il y avait un tapis par terre. Un meuble haut contre le mur, et sur les étagères, des livres. Sören n'osa pas y toucher. Il s'approcha pour observer les reliures de cuir alignées, aux coutures invisibles, et réalisa que ses chaussures laissaient des morceaux de terre sur le sol. Il eut honte soudain de ses vêtements sales et de son corps qui l'était davantage, et de ce qu'il apportait avec lui.

Il contourna le tapis et marcha avec précaution jusqu'à une fenêtre. Il plaqua sa paume contre la vitre. La sensation de froid ne dura qu'une seconde, avant qu'une empreinte de brume ne naisse autour de ses doigts. C'était ici qu'il avait, enfant, vu du verre pour la première fois – on trouvait de nombreuses vitres dans le temple, probablement un des seuls bâtiments à en être muni dans tout Igarka –, et il avait longtemps cru qu'il était interdit d'y toucher. Quand il eut retiré sa main, la marque de buée persista quelques secondes, dévorée par une force invisible, puis il ne resta que le verre. Sören pouvait y voir tout à la fois la bordure grise de la forêt, les rues animées au-dehors, le commencement de son propre reflet et la porte derrière lui. Il ne put retenir un soupir qui lui siffla aux lèvres. Le monde était si différent à cette hauteur. Tout semblait limpide. On ne discernait plus la crasse des pavés. Les bâtiments suivaient une ligne, un sillon minéral, labouré par les hommes, qui remontait vers les bois.

Les maisons se serraient entre elles comme des bêtes sous la pluie. Au pied des murs du temple, des enfants couraient le long des allées, évitant les Veilleurs courbés sur les massifs dans lesquels l'herbe repoussait déjà. Sören chercha en vain à reconnaître ses moutons dans les champs collectifs, puis il laissa son regard se perdre vers sa ferme, qui était trop loin, vers Anna qui avait dû se réveiller, poser ses mains sur son ventre, rassurée, ou désolée peut-être de devoir se frayer un chemin entre leurs déchets.

Le cliquetis du loquet le tira de ses pensées. Le Révérend Peter entra, en frôlant chaque objet, une tasse fumante à la main, et l'on referma la porte pour les laisser seuls.

— Je suis heureux de te revoir, Sören.

— Bonjour, Révérend. Cela faisait longtemps.

— Le temps d'un sommeil pour toi, dit-il, amusé, avant de boire une gorgée. Mais de longs mois pour nous.

Quand il levait son poignet pour porter la tasse à sa bouche, la large manche de sa tunique dévoilait un bras osseux. Ses joues creuses étaient piquées d'un reste de mauvaise barbe, de la même couleur de cendre que ses cheveux épars. Les yeux du vieil homme étaient différents, exagérément clairs : ils semblaient avoir fondu dans un ciel laiteux. Sören se demanda s'il y voyait encore, et comme pour lui répondre le Révérend vint s'asseoir sur un des sièges.

Ses mains tremblaient par moments. Son souffle était court.

— Est-ce que tout va bien ? hasarda Sören.

Peter eut un rictus énigmatique.

— J'ai l'impression que c'est toi que cette question tourmente. Je n'y vois plus très bien, mais tu as une triste mine.

— On est venu me réveiller ce matin pour me conduire chez Matteus. Il n'a pas franchi l'hiver.

L'ancien posa sa tasse sur un guéridon tout proche. Ses yeux se voilèrent un peu plus.

— Matteus ? Il est… Tu m'apportes une sombre nouvelle. Je l'ai bien connu.

— Je suis désolé pour vous.

Sören laissa passer un silence.

— J'ai pensé que vous voudriez le faire enterrer ici, reprit-il, guettant une réaction qui ne venait pas. Après tout, il était Veilleur auparavant.

Cette fois, Peter eut un mouvement de tête.

— Oui, oui…

Il se leva et fila avec une étonnante souplesse ouvrir la porte ; Sören nota qu'un membre du temple attendait de l'autre côté. Les deux hommes échangèrent quelques mots, puis Peter revint.

— Nous allons prendre les dispositions qui s'imposent. Alors c'est toi qui as constaté… Pauvre Matteus. Il portait nos vêtements bleus il y a encore quelques années. Le temps passe si vite.

Peter avait prononcé cette dernière phrase avec amertume, en le fixant de ses yeux absents, et Sören sentit peser sur lui une convoitise cruelle : celle d'être un homme encore jeune, de ceux à qui le temps adressait désormais ses promesses. L'ancien parut se recroqueviller soudain, et il alla se planter à pas lents devant les fenêtres. Sören préféra garder pour lui les détails de la matinée. Pour l'instant du moins.

— Si je dois être tout à fait honnête, Révérend, j'ignorais que l'on pouvait cesser d'être Veilleur.

— Nous ne sommes pas des geôliers, Sören. Chaque homme, chaque femme est libre de faire comme bon lui semble. Mais il est vrai qu'après un certain temps, il devient difficile de quitter ces murs. Nous ne partageons pas la même vie. Ici nous avons nos habitudes, et les enfants qui reviennent chaque année.

Il essayait de les désigner derrière la vitre de son index tremblant.

— Et le rigichor ?

Peter se redressa brusquement, comme si on lui avait enfoncé une épine au creux des reins.

— Hmm ?

— On ne peut pas s'en passer, n'est-ce pas ? insista Sören.

L'autre regardait toujours dehors.

— On ne peut pas, c'est vrai.

Le breuvage qui tenait éveillé. Sören en connaissait à peu près autant que n'importe qui à ce sujet. Tout le monde savait pour les yeux rouges des Veilleurs. Une décoction de racines et de sèves toxiques, au dosage précis. En boire supprimait presque le sommeil, et permettait de retourner à l'état physique de l'enfance où l'on voyait défiler les saisons. Cela rendait stérile, et finissait par vous épuiser, aussi. Mais l'existence de chaque village reposait sur ce sacrifice. Sören tendit le bras vers la petite table et saisit la tasse.

— Je vous le déconseille, sergent, lâcha le vieil homme qui pourtant ne s'était pas retourné. Cette boisson n'est pas à prendre à la légère.

Il venait de le vouvoyer, s'enveloppant du même coup dans une carapace de soupçon.

— Je voulais juste en sentir le parfum. J'ai trouvé une bonne quantité de ce liquide dans un placard chez Matteus.

— Eh bien... c'est tout à fait normal. Il devait continuer d'en boire. C'est à la fois notre poison et son remède. Je conçois que cela puisse être difficile à comprendre vu de l'extérieur.

— Est-ce que quoi que ce soit dans vos habitudes implique de mâcher de l'herbe, ou de la ficelle ?

Peter lui fit face.

— Je vous demande pardon ?

Sören mit la main dans sa poche et en ressortit un paquet de brins de paille entortillés, et une mince lanière de cuir. L'ancien rapprocha son visage perdu.

— C'est quelque chose que tu as ramassé chez ce pauvre Matteus ?

— Pas tout à fait chez lui, répondit insensiblement Sören. Il avait cela dans la bouche.

— Dans la… ?

Le vieil homme eut l'air comme ébloui, les traits faussés par l'incompréhension. Et puis son visage se contracta à nouveau.

— Il était âgé, hasarda-t-il. Il était seul. Peut-être s'est-il senti mal et il aura voulu avaler quelque chose. Il a pu se tromper dans la précipitation. Ou délirer.

Ou un oiseau a pu faire son nid entre ses mâchoires ouvertes, pensa Sören. *Puisqu'on en est à imaginer n'importe quoi.*

— Et s'il n'était pas seul ?

— Je n'aime pas ce que tu essaies de suggérer.

— Je cherche à comprendre, Révérend. J'ai retrouvé un homme mort sur son lit, mort depuis assez longtemps pour que plus personne n'ait envie de voir ce qui reste de lui. Votre rôle est de veiller sur le village, et le mien n'est pas différent.

Le vieux le regardait sans rien dire à présent. Il avait les mâchoires serrées, comme pour faire éclater ses joues molles de l'intérieur. Et quelque chose, dans ses pupilles blanchâtres, le perçait parfaitement à jour, et lui lançait : *allons, si tu avouais la vraie raison de ta visite.* Sören le comprenait ; il se considérait comme un homme intelligent. Pas comme les pèlerins qui savaient écrire des livres et avaient étudié dans les grandes villes où on échappait à la boue, mais comme un homme habile, assez pour deviner où irait cette discussion. Il prit une longue inspiration.

— Si Matteus n'est pas mort par accident, j'ai un problème inconcevable à résoudre. Nous dormions tous, Révérend. Alors si quelqu'un…

L'aîné ne le laissa pas finir.

— C'est impossible.

— Pourtant…

— Cela suffit ! Je ne laisserai pas prétendre qu'un membre de notre communauté aurait pu… se faufiler dans les rues pour aller s'en prendre à l'un de nos anciens frères. C'est vraiment ce que tu imagines, mon garçon ?

Voilà qu'il lui donnait du *mon garçon* à présent.

— Je n'imagine rien.

— Eh bien c'est heureux. Nous renonçons à beaucoup de choses, presque à tout, pour nous assurer du salut des autres. J'estime que cela nous préserve d'être soupçonnés de leur nuire.

L'aîné respirait de plus en plus fort, et ses yeux, qui jusque-là n'avaient pas cessé de détailler Sören, se mirent à rouler sur le côté, cherchant un autre point dans la pièce. Il fit trois pas jusqu'au guéridon et tendit sa main défaillante vers la tasse. Le bout de ses doigts en rencontra le bord et la fit basculer. Peter poussa une exclamation quand elle se fracassa sur le sol.

— Puis-je faire quelque chose ?

Le Veilleur du couloir avait ouvert la porte avec détachement, à peine inquiet, comme s'il se conformait à un rituel.

— Non. Cela ira, répondit le Révérend. Le sergent ne va pas tarder à prendre congé.

La tension flotta autour d'eux comme une brume persistante. Sören ne trouvait plus si précieux le silence de cet endroit ; il avait désormais une saveur inerte. Le cri d'un enfant qui jouait monta depuis la cour. Ils ne bougeaient pas. Aucun des deux hommes n'avait même encore avalé sa salive. Puis Peter s'affaissa soudain sur son siège, et considéra la main de Sören.

— Tu devrais jeter ces choses inutiles. Cela ne ramènera pas Matteus de te torturer l'esprit.

Sören ne répondit rien et remit au fond de sa poche ce qu'il tenait à la main.

— Merci pour ce que tu as fait ce matin, reprit l'autre d'une voix douce, presque faible. Nous nous chargerons du reste. Rentre chez toi, repose-toi. Nous avons tous mieux à faire que de ressasser cette mauvaise nouvelle.

Sören parcourut la pièce des yeux comme s'il suivait un insecte. Le liquide renversé dessinait une auréole sombre sur le tapis. Son regard s'arrêta sur les morceaux de terre séchée au sol.

— Désolé pour la saleté que j'ai laissée.

Peter eut un mouvement du poignet, *Ce n'est rien.*

— Cette salle est si confortable, ajouta Sören. On n'a pas envie de vivre ailleurs. Matteus devait avoir une bonne raison de partir.

— Parfois il est temps de s'en aller.

Sören eut la désagréable impression que le Révérend ne lui dirait plus rien. Rien qu'il ne sache déjà. Il s'inclina sans envie, sortit, salua le Veilleur derrière la porte, puis tous ceux qui tournèrent le visage vers lui, intrigués de le voir marcher si vite. Il retrouva la cour. La rue. Le monde lui revint, Anna surtout – qu'est-ce que le monde était d'autre ? –, et il se sentit coupable d'avoir eu tant à faire qu'elle n'avait été qu'un détail de sa conscience. Il s'inquiéta pour elle, seule depuis le matin. Il n'avait pas eu le temps de lui parler ni de la voir, et ignorait comment s'était déroulé son réveil. Elle avait dû le chercher, l'appeler sans doute, il se pouvait que quelque chose lui soit arrivé.

Une pluie serrée commença à tomber. Il pressa le pas, et les gouttes qui l'atteignaient gagnèrent en fraîcheur. Il comprit tout à coup – et cette pensée le fit s'arrêter net au milieu de la rue – que ce n'était pas pour Anna qu'il était préoccupé, mais pour lui-même. Il dissipa d'un revers du pouce l'eau sur son front. Anna allait bien, elle dormait peut-être toujours, ou balayait déjà la cuisine. Non, c'était lui. Il se sentait piégé. Écrasé par la situation. Un mot lui revenait, que les gens prononçaient si rarement qu'il paraissait décrire une réalité impossible : *meurtre*. Les lettres roulaient dans sa tête avec leur son de gargouillement, le pressant d'être prononcées. *Meurtre meurtre*. L'image de la gorge de Matteus lui revint, noire et sèche. Sören s'assura que personne ne pourrait l'entendre et murmura le mot sous la pluie avant de repartir. On ne se faisait pas tuer, c'était insensé. On pouvait tomber lors d'une bagarre d'ivrognes et se fendre le crâne, mais ce n'était pas la même chose. Du temps de son père (n'était-ce pas son père lui-même qui le lui avait raconté ?), on avait bien retrouvé un éleveur les bras en croix dans son champ, avec une plaie de la taille d'un œuf à la base de la nuque, un pauvre homme (le diable s'il se rappelait son nom) le cou tordu et ouvert, comme ses yeux, sa bouche, sa chemise aussi et son ventre blanc étalé sous le ciel, et son cheval qui paissait à trente pas de là, tranquille. Tout le monde avait fini par convenir que c'était un mauvais coup de sabot. C'était tout. Mais il n'était pas question d'un accident, cette fois. Sören n'était même pas certain de savoir ce qu'il était censé faire dans un cas pareil – de la *procédure*. Il lui semblait qu'il fallait informer le prévôt du comté, et dans son souvenir (ou étaient-ce des racontars pour effrayer le peuple ?) le coupable était étranglé sur place.

Quand il fut parvenu au sommet de la rue, il se mêla aux passants qui s'attardaient sur le seuil des habitations à nouveau ouvertes, et souriaient de se revoir.

Il se retourna vers le temple en contrebas. Sören était assez haut et assez loin pour être certain que personne ne pourrait l'observer derrière le verre brillant des fenêtres. Les maisons et les collines plongeaient vers ses murs, comme si le bâtiment était assez lourd pour peser sur la vallée entière. Sören devinait que des gens se déplaçaient autour de lui, qu'on bavardait, il renvoyait certains saluts et percevait le tapotement des gouttes sur le cuir de son épaule – mais toujours il revenait au temple. Il ne l'avait jamais regardé ainsi. Son estomac était vide, et la faim s'étendait en lui, creusant sous ses côtes, gémissant à sa place, lui jurant que jamais plus il ne serait tranquille.

L'enterrement de Matteus eut lieu avant le crépuscule, derrière l'aile nord, dans un des carrés de terre où reposaient les membres du temple. Sören avait pris place parmi la foule, tenant la main d'Anna. Il regardait son ventre rond, plein, si contraire à la tombe attendant devant eux. Il n'y avait même pas eu à en creuser une entière ; le corps du vieux Matteus, décharné, qui avait été ramené par charrette, enveloppé dans un drap, n'avait pas la taille d'un homme. Les gens se partageaient ce récit à voix basse dans l'assistance, avec le même air accablé, inclinant la tête, sans finir leurs phrases. Certains se demandaient si l'on pouvait vraiment se rompre ainsi. Par morceaux. Sören chassa un frisson. Il n'avait pas oublié ce que ça avait été, de s'occuper du cadavre ; rien que d'essayer de le décoller du matelas, déjà, sans savoir par où le soulever, ni ce qu'il y aurait dessous. Les jointures qui se détachaient d'elles-mêmes comme sur un poulet trop longtemps bouilli. Lui et les fermiers désignés, ils n'avaient pas pu. Ils avaient pris une pause de plus, pour réfléchir, et mâcher des feuilles de menthe dehors, à vingt pas de l'entrée. La puanteur avait été terrible, presque humide, elle perlait contre le palais et il fallait la cracher. Ce n'était même plus l'odeur de la mort, ou de tissus décomposés, mais une corruption qui avait imprégné les murs. Personne n'avait eu envie de s'éterniser, et l'un d'eux avait proposé d'envelopper le corps. En y réfléchissant ça leur avait paru faisable. Ils avaient jeté un drap sur le cadavre et l'avaient glissé autour de la silhouette sèche avant de tout emmailloter, très vite, sans penser à ce que touchaient leurs doigts. Ils l'avaient chargé comme ça, Sören songeant que son côté du paquet ne pesait rien. Les bras raides de Matteus étaient saillants sous le tissu. On aurait dit le cocon d'une chauve-souris.

Le Révérend frappa soudain une cloche, d'un air grave, pour marquer le début de la cérémonie. Il attendit le plein silence qu'on lui laissait toujours, de toute façon, si l'on voulait entendre sa voix de chevreau. *L'un de nos enfants n'est plus*, déclara-t-il (Sören s'interrogea en lui-même sur l'étrangeté de ce mot au sujet d'un vieillard parti depuis des années), *Matteus, que beaucoup d'entre vous ont bien connu. Et je sais que vous aurez à cœur de lui offrir votre miséricorde pour son dernier retour parmi nous*. Sören n'aima pas non plus que le Révérend ait l'air de savoir ce qu'il avait dans le cœur.

Les Veilleurs avaient confectionné des couronnes d'hellébore, qu'ils vinrent disposer sur l'amas rectangulaire de terre brune formé à la hâte et tassé à la pelle. Une torche était fichée entre de grosses pierres, qu'on laisserait se consumer jusqu'au lendemain. Des volontaires racontèrent leurs jeunes années auprès du défunt. Les veilles d'hiver, l'apprentissage et les jeux. Le Révérend eut encore quelques mots – un long discours, en fait, mais Sören cessa très vite d'écouter. Il regardait le cercle bleu sombre que formaient les membres du temple, cherchant un visage précis.

L'assemblée se dispersa quand tout fut terminé, se recomposant en petits groupes qui s'attardaient un moment, puis reprenaient leur lente marche vers la sortie. Le ciel devenait orange quand Sören remonta l'allée qui se déroulait jusqu'aux bâtiments, formée par les piétinements plutôt que réellement tracée, et qu'il aborda l'une des nourrices.

— On m'a renvoyé vers vous. On m'a dit que vous sauriez pour les enfants.

La femme inclina la tête sur le côté pour la placer dans l'ombre de l'homme, et échapper au soleil couchant qui l'aveuglait.

— Les enfants ?

— Pardon. Je suis Sören, sergent au village, s'excusa-t-il en ouvrant le bras, laissant Anna derrière lui s'y placer soudain. Voici mon épouse.

Cette Veilleuse avait une chevelure claire, des traits harmonieux malgré son évidente fatigue. Il émanait d'elle un parfum fruité, que Sören captait dans la pénombre grandissante. Elle les salua tous les deux brièvement, en souriant comme le faisaient si souvent ceux du temple (les yeux étrécis pour cacher les veines rouges et ne pas effrayer les gens), et puis elle aperçut le renflement que faisait le ventre d'Anna sous ses vêtements.

Oh.

Sören entrevit dans les yeux de la femme le mélange de surprise et de compréhension. *Comment n'ai-je pas vu cela plus tôt ?*

— Nous aurons bientôt un bébé, annonça Sören. On m'a dit que vous sauriez, pour la naissance.

— Vous avez bien fait. Je m'appelle Sara.

Elle demanda pour quand était l'enfant. Il répondit deux mois, Anna espérait trois. Elle craignait de ne pas être prête encore. Il resserra son bras autour d'elle quand elle eut prononcé ces mots.

— Toutes les femmes s'inquiètent, vous savez, sourit à nouveau Sara.

Elle leur proposa de marcher ailleurs pour en parler. Elle avait dit *ailleurs* – insinuant que ce jardin de tombes était lugubre, mais sans le dire à haute voix pour ne pas offenser les restes qu'on venait d'enterrer – et ils avaient compris. Elle prétendit à Sören qu'elle se souvenait de lui, qu'elle était sûre de l'avoir déjà croisé au temple. Elle ajouta qu'il était rare qu'on vienne la rencontrer *avant*, et que la plupart des villageois ne l'appelaient qu'au moment où leurs femmes étaient déjà allongées et gémissantes. Elle semblait faire moins de cas encore des fermiers des alentours, des *ignorants* ou des *incapables*, alors qu'ils n'avaient pourtant besoin de personne pour faire le bon nœud de corde sur les pattes sanguinolentes d'un veau et le tirer hors de sa mère.

— Il y a une accoucheuse près de notre ferme, confia Sören, mais une nourrice du temple nous paraît préférable.

— Une femme de mon âge, aussi. Je me sentirai plus à l'aise, avoua Anna.

La lumière au-dessus d'eux n'était plus qu'un reflet passager. Les premières étoiles brillaient. Ils atteignirent les hauts murs, puis la place du village qui luisait sous une poignée de lanternes. Sören eut le début d'un frisson qui se dissipa quelque part à mi-chemin de son dos.

— Nous verrons tout cela. Soyez tranquille, Anna. Je prendrai soin de vous. Et de votre petit.

Il faisait nuit maintenant.

Très tôt le lendemain, Sören marcha jusqu'à la ferme de Matteus, à la recherche d'un détail qui lui aurait échappé (ou dans l'espoir, plus secret encore, de découvrir qu'il avait fait erreur), mais on l'avait précédé. Une mule, harnachée à une charrette, attendait dans la cour du défunt, et tourna vers Sören sa tête désintéressée. Trois Veilleurs s'affairaient sous l'appentis le plus proche. L'un d'eux, les mains posées sur les hanches, observait le tas de vieilleries accumulées et ses camarades tentant de s'y frayer un chemin. Sören reconnut Jan, aussi hirsute que lorsqu'il lui avait parlé avant l'hiver, le visage plus fermé encore, comme taillé par un burin qui aurait laissé des stries de contrariété sur son front.

— C'est le Révérend qui t'envoie ? demanda le Veilleur avec un sourire froissé, où traînait une lézarde d'amertume.

— Non. Je suis venu voir où ça en était, si je pouvais aider.

Ce n'était qu'un demi-mensonge.

— C'est bien aimable, ça, dit l'un des deux autres, qui sortait en portant le moyeu d'un vieux pressoir. J'ai pas raison, Jan ?

Le Veilleur fronça les sourcils.

— Le sergent a sûrement du travail, Sven, et le Révérend nous a demandé de nous charger nous-mêmes de la corvée.

— Allez, ça fera rien que le sergent nous assiste un peu.

— Le Révérend n'apprécierait pas.

— On ne va quand même pas faire l'aller-retour pour lui demander, non ? Quoi, t'as vu ce qu'il nous reste à fouiller, Jan ?

— Tu n'as qu'à commencer par tout ce qui est entassé là-bas, au lieu de parler.

Jan prit le moyeu des mains de son compagnon et alla le lancer dans la charrette, provoquant un mouvement de peur chez la mule, puis il revint les yeux serrés, une main crispée sur sa cuisse. Le dénommé Sven s'éloigna en grommelant, mais il demeurait assez proche pour entendre. Sören laissa s'installer le silence, le temps de respirer pleinement trois ou quatre fois, avant de reprendre :

— Est-ce que tout va bien, Jan ?

L'autre se frottait la jambe avec une grimace.

— C'est une foutue journée. Mauvaise depuis l'aube. Une chèvre m'a donné un coup de tête ce matin. Une bête qui avait été docile tout l'hiver. Et maintenant le Révérend veut qu'on trie tout ce fatras.

Sa main décrivit un arc de cercle, balayant la ferme et deux bâtiments délabrés. Sören le laissa vider son sac, plainte après plainte. Espérer nettoyer cet endroit, d'après Jan, relevait de l'égarement, autant qu'en inventorier le contenu. C'était une mauvaise idée, si l'on voulait son avis – mais on ne le lui demandait pas. Et pour sauver quoi ? Une cruche de rigichor, quelques outils ? Selon lui, le Révérend se faisait trop vieux, incapable de saisir le sens des priorités, alors que les préparatifs de la fête du Réveil les attendaient. Ils auraient bientôt toute la grande place à nettoyer et décorer, il faudrait sortir les tables, tendre les cordes et accrocher les godets qui serviraient pour les illuminations, disposer des brassées de jonquilles.

Tout en écoutant, Sören faisait de petits pas. Il amorçait une marche qui les menait tous les deux vers le fatras de l'appentis. L'espace disparaissait sous une accumulation d'objets – éléments de charrue, anciennes cuves, cercles de roues, certains encore reconnaissables, d'autres réduits à des morceaux inutilisables – qui semblaient avoir été amoncelés avec un certain ordre d'abord dans les couches inférieures, et puis graduellement l'assemblage devenait confus. Pour finir, on s'était contenté de tout jeter au-dessus, dans un équilibre instable, livré à une poussière blanche qui laissait des traces poudreuses sur les doigts. On devinait qu'il y avait eu un chemin dans cet assemblage, mais même lui avait été englouti.

— Il n'avait pas l'air très soigné. C'est un morceau de joug pour un bœuf, ça ? demanda Sören en attrapant une pièce de bois large comme un battoir.

— Probablement. Aucun intérêt, répondit Jan.

— Les Veilleurs donnent pourtant l'image de gens organisés.

Jan cherchait des yeux un point par lequel commencer, quelque chose à éplucher. Il était dépassé par la masse.

— Tant qu'on vit au temple, il y a une façon de faire, des règles. Matteus était parti depuis des années. Il pouvait bien vivre dans cette pagaille si ça lui chantait.

— C'est ce qui m'étonne, Jan, justement. L'intérieur de la ferme était propre.

— Eh bien tu vois, ça prouve qu'il n'avait pas tout perdu.

Jan n'essayait même pas de faire semblant de maintenir la conversation. Il tournait le dos à Sören et cherchait à déplacer une planche.

— C'est moi qui ai constaté sa mort en premier. Je veux dire de près. En détail. C'est terrible, ce qui lui est arrivé.

— Je sais, Sören. Pas beau à voir.

Jan souleva une corbeille poussiéreuse qui était restée si longtemps contre le mur qu'une toile d'araignée les avait unis ; privée de son armature, elle flotta mollement comme un drapeau. Il s'agenouilla en grimaçant et fouilla dans un amas de chiffons en boule, trouva un couteau à greffe si rouillé qu'une gangue semblait en avoir boursouflé la lame, et une botte solitaire : il la renversa en frappant le talon et elle laissa s'échapper des coquilles de noisette vides et des noyaux de cerise – l'ancienne cache d'un mulot. Il balança l'ensemble en soupirant.

— J'apprécie que tu sois venu, Sören, mais on a encore du travail.

Sven lança un regard froid à son camarade. Il avait récupéré plusieurs longueurs de corde, passées autour de son bras. Le troisième Veilleur était plus au fond encore, masqué par un taillis de chaises empilées, chacune crevant l'osier de l'autre. Il semblait plus frêle, à peine sorti de l'adolescence. Sören s'assura de parler assez fort :

— Je crois qu'on l'a tué.

Il vit leurs trois visages se tourner vers lui dans un mouvement ébahi, même celui du plus jeune, qui se décala derrière l'édifice chancelant. Sören se demanda lequel parlerait en premier.

— Comment, tué ? Vous pouvez pas dire vrai, hein, sergent ?

Sven, le poignet grippé sur ses cordages. Il n'aurait pas misé sur lui, mais très bien.

— Je suis tout à fait sérieux, Sven. Je pense que Matteus n'est pas mort dans son sommeil. D'abord parce qu'il ne dormait pas. Pas plus que vous.

La lèvre de Jan pendait au-dessus de son menton. L'air faisait un bruit sifflant en passant entre ses dents.

— Hé là, ça a jamais empêché les vieux de mourir, même les anciens Veilleurs.

— Pas avec la gorge enfoncée.

— Est-ce que tu en as parlé au Révérend ?

— Disons qu'il n'a pas voulu m'entendre.

Jan passa sa langue sur sa lèvre et déglutit.

— Il faut le raconter au village. Interroger les gens.

— Ce serait inutile.

Sören vit se dessiner sur la bouche de Jan le même sourire que tout à l'heure, et ça lui sauta aux yeux cette fois : ce n'était pas de l'amertume, mais de la méfiance.

— Pourquoi vous dites ça, sergent ? lâcha Sven.

La voix du troisième répondit à travers le tas des matériaux :

— Parce que le sergent pense qu'il n'y a qu'un membre du temple qui a pu tuer Matteus durant l'hiver.

Les visages étaient sur lui désormais, et il les recevait, calmement. Sören pointa l'index dans sa direction.

— C'est exactement cela, jeune homme. C'est exactement ce que je dis.

Ils restèrent tous silencieux un bon moment : Sven, appuyé contre un poteau de l'appentis, et le plus jeune – qui s'appelait Elias – faisant quelques pas où il le pouvait. Jan avait retourné une caisse à moitié défoncée, et s'était assis sur le côté où le bois tenait encore.

— Eh bien moi, je n'y crois pas, commença Sven.

— Tu ne crois pas à quoi ?

— À tout ça. Que quelqu'un du temple ait pu… Pourquoi on aurait voulu tuer un vieillard comme Matteus ? Moi je dis qu'il est parti dans son lit et qu'il faut le laisser tranquille.

— Le laisser tranquille… Tu en parles comme si c'était un gosse qu'on persécute, dit Jan.

— Tu sais ce que je veux dire. Le respect des morts, tout ça. Qu'il soit en paix.

— On est en train de trier ses affaires. On marche dessus, Sven.

Jan avait dit cela sur un ton de reproche, comme si le vieux se plaignait à travers lui. Sören réalisa que c'était encore plus navrant, de parler de la mort d'un homme au milieu des reliques qu'il avait accumulées. Le squelette de ses dernières années.

— Et si c'était vrai quand même ?

Sven regarda ses pieds.

— Cela voudrait dire qu'un Veilleur l'a fait, lança Elias.

Ce gamin. Il devait avoir à peine plus de vingt ans, et il sortait de telles phrases sans lever un sourcil. Il y avait une rupture dans l'expression de son visage que Sören n'avait pas encore réussi à définir. Des yeux fins, presque pétillants, et un sourire étiré. Ses mâchoires étaient nettes, ouvertes dans un angle parfait jusque sous ses oreilles. Jamais d'éclats de voix. Un tempérament égal. Ses gestes étaient mesurés, presque délicats, mais cela n'effaçait pas la faille dans son regard. Une sorte de crevasse qui n'avait pas de fond.

— Qu'est-ce qu'on va faire, Jan ?

Le Veilleur se releva doucement et envoya glisser la caisse là où il l'avait prise, d'un coup de pied de sa jambe valide.

— On rassemble tout ce qu'on a pu dénicher dans la charrette. Et on rentre.

Le vent les trouva quand ils traversèrent la cour. Jan grommela qu'il n'aurait pas dû rester immobile si longtemps, pestant contre la douleur dans sa jambe, changée en une boule qui lui brûlait les muscles. Il rattacha le harnais sur l'encolure de la mule. Sören les aida à transporter les objets mis de côté. Il avait au moins réussi à écourter leur journée de travail. Il allait pouvoir inspecter les lieux à sa guise, pendant que les trois autres se convaincraient que le sergent se trompait. Lui-même rejetait cette histoire de toutes ses forces. Seulement il y avait le cadavre. Il l'avait vu. Quand il y repensait (et c'était une vision horrible, qu'il aurait aimé chasser d'un frisson, mais elle restait accrochée en lui), Matteus ne ressemblait pas à un homme qui était parti paisiblement. Il s'était plutôt regardé mourir. Et pour autant qu'on pouvait en juger, il avait lutté.

Sören sentit un nœud se former dans sa gorge, tandis que les Veilleurs se préparaient à quitter les lieux. Il ne redoutait pas de se retrouver seul ici, mais de subir les conséquences de sa propre audace. Les choses le dépassaient, désormais. Totalement. Il avait choisi de leur dire à tous les trois ce qu'il savait. C'était comme un appel. Et c'était ce qui allait arriver. La nouvelle allait se répandre au temple, sans que le Révérend puisse y faire quoi que ce soit, jusqu'à atteindre la personne responsable de cette horreur. Après quoi Sören espérait qu'elle se dénonce, peut-être. Ou qu'elle se fasse oublier.

Il fut tiré de ses pensées par le bruit d'un sac jeté dans la charrette. Elias annonça calmement qu'il avait terminé de tout charger. Jan caressa le chanfrein de la mule. Ses naseaux frémirent, et elle leva la tête en soufflant. Ses yeux noirs renvoyaient une résignation docile.

— Je le savais, dit Jan en grattant furieusement sa tignasse.

Sven finissait de caler une bouteille à l'arrière. Il se tourna vers lui :

— Qu'est-ce que tu savais, Jan ?

Il rassembla les rênes dans sa main.

— Que c'était une foutue journée.

Sören attendit de les voir disparaître au bout du chemin, et il retourna inspecter la ferme.

La fête fut une réussite, de l'avis de tous.

Elle commença dans l'après-midi et s'étira tard dans la nuit, jusqu'à ce qu'on ait brûlé les derniers flambeaux et qu'il ne reste plus de bière à renverser sur les pavés de la grande place. Sören se montra courtois, sincèrement heureux de lever sa chope avec tous ceux qui les félicitaient, lui et Anna, dont il ne lâcha pas le bras avant le coucher du soleil. Il fit durer ce seul verre d'alcool le plus longtemps possible. Il voulait garder l'esprit lucide pour la ronde qui l'attendait. D'ordinaire il lui arrivait de pester contre ce rôle ingrat de surveillance qui l'empêchait de s'abandonner à la liesse ; mais cette nuit-là, il s'en trouva soulagé : il veillait sur Anna et le bébé. Il avait obtenu qu'elle reste assise, refusant qu'elle rentre seule, et ses yeux ne cessaient de se poser sur elle quand ils quittaient la foule. Elle restait parfois de longs moments les paupières closes et il craignait chaque fois qu'elle ne s'endorme ; puis elle le regardait et lui envoyait un sourire épuisé qui lui tordait le cœur.

Il arpenta l'esplanade en tous sens, d'une discussion à l'autre, pendant que des enfants couraient entre la multitude des jambes, courbés comme des lièvres en fuite. Igarka célébrait le Réveil dans les chants et les danses. En s'enfonçant dans la nuit, les villageois criaient de plus en plus fort et abandonnaient leur retenue. Sören percevait les filaments de désir qui se tissaient parmi certains couples, pris dans des gestes qui leur échappaient peut-être encore, un bras trop près du cou, une main posée au bord d'une hanche, des rituels qui auraient la même fin : les plus impatients, ou ceux qui auraient assez bu pour cela, s'embrasseraient furieusement, appuyés contre un mur, ou s'en iraient vers un coin tranquille. Sören prenait surtout conscience du décalage grandissant entre la foule et lui. Il ne faisait pas partie d'eux, et il en serait sans doute ainsi désormais. Quelque chose avait changé, dressant un mur dans son existence. Les choses allaient bien au-delà de cette fête. Il regardait les autres de l'extérieur, traversait leur agitation, à la fois envieux et effrayé de leur insouciance, cherchant quelle était l'ombre qui les menaçait. Il faisait semblant d'être léger, comme quand il s'avançait doucement, une corde cachée derrière lui, vers les moutons qu'il fallait tondre – et comme avec eux, il n'aurait qu'une seule chance.

Les Veilleurs étaient venus. Leurs vêtements étaient aussi noirs que le ciel, retrouvant à peine une teinte bleue même sous la lueur des lanternes. L'alcool ne semblait avoir aucun effet sur eux ; peut-être que le rigichor leur prenait cela, aussi. Ils palabraient au sujet des pluies et de la prochaine moisson, dansaient en cercle en tenant les enfants par la main, et en portaient certains brièvement dans leurs bras en riant. Sören avait parfois surpris leurs regards sur lui, sans en percer le sens. Il se pouvait qu'ils lui renvoient sa défiance – après tout, lui aussi les épiait. Même Peter était sorti du temple. Il entendait mal et il fallait se pencher près de sa joue pour lui parler, puis recevoir au creux de l'oreille sa voix grinçante qui provoquait un sursaut. Il n'y voyait presque rien non plus, et devait se tenir dos au feu qui brûlait au centre de la place, dont les étincelles s'évanouissaient en montant vers les étoiles. Là seulement il y avait assez de lumière pour qu'il identifie les visages qui venaient le saluer et se réjouir de la fin de l'hiver – et Sören vit bien que l'aîné l'avait reconnu quand il se retrouva près de lui, sans la moindre intention de lui adresser la parole (que lui aurait-il dit ? Surtout ce soir et dans un tel bruit ?). Aussi fut-il surpris que le Révérend le fasse.

— Ce devrait être une belle saison, Sören, qu'en penses-tu ?

Il s'efforça de lui répondre avec la même naïveté.

— Mon père se méfiait des printemps trop doux. Il disait que l'été se vengeait ensuite.

— Ton père était un homme sage, mais on comprend certaines choses par soi-même. J'ai appris pour ton enfant à naître. Les enfants changent notre façon de voir le monde. Le passé devient insignifiant, tu verras.

Il n'avait plus rien dit ensuite, il était resté là à faire des nœuds avec ses doigts froissés jusqu'à ce qu'on le raccompagne. Sören croyait même l'avoir entendu fredonner. Il s'était répété leur conversation en guettant un sens qui aurait pu lui échapper.

Mais il n'avait rien.

En remontant chez eux tard cette nuit-là, si tard qu'on aurait dit que l'aube hésitait à émerger, Sören était absorbé par cette pensée : *je n'ai rien.* Il sentait le poids de la lanterne dans sa main, l'anse de métal qui la traversait, il enlaçait Anna frissonnante de fatigue, la serrant si fort qu'elle riait et qu'ils titubaient tous les deux sans pouvoir suivre la ligne droite de la rigole sur la route : le moindre de ces contacts était réel, mais c'était comme si tout se dérobait. *Je ne possède rien.* La lune dessinait un croissant pâle, presque effacé. Anna était blottie contre son corps. Elle tenait ses poings serrés l'un contre l'autre près de son cou, l'air qui sortait de sa bouche palpitait. *Je ne possède rien puisque je ne peux rien protéger.* Un cri s'éleva depuis les rumeurs de la fête en contrebas, un sillage aigu traversant l'air humide, sans âge ni sexe, aussitôt happé par la nuit. Une fois qu'ils furent rentrés, Sören alluma un feu et vérifia avec plus de précaution que d'habitude que la porte était verrouillée. Même sous la chaleur des couvertures il garda les yeux ouverts. Anna s'était endormie presque aussitôt, recroquevillée sur un côté ; il s'était couché contre elle, le bras recouvrant son ventre rond, en proie à une inquiétude qui écourtait son souffle. Dans son esprit il parcourait la vallée et se heurtait toujours au vide : celui des champs et des rues, celui des forêts impénétrables, celui des autres villes où son nom n'était rien. Ils auraient pu partir, bien sûr ; s'éloigner d'ici. Mais Anna était enceinte, et dans quelques mois c'est le petit qui les retiendrait – et Sören doutait qu'il pût tirer assez de la ferme et des bêtes pour s'installer ailleurs. Où seraient-ils allés ? À quoi bon courir sur des chemins ingrats ? Il n'y avait rien au-dehors. Ce n'était pas que le monde était vide : il était introuvable.

Quoi qu'il envisage, il en revenait toujours à la même certitude : leur bébé allait naître, un être minuscule qui se nichait sous sa paume, et qu'il faudrait confier aux nourrices à l'automne. Dans ses songes il voyait le temple s'ouvrir sur des visages familiers qui ne lui étaient d'aucun secours : on lui parlait, mais pas un son ne l'atteignait. Une porte geignait dans les étages, claquait, puis s'ouvrait à nouveau, laissant entrevoir un instant des yeux rougis qui patientaient. Le monde lui apparaissait pour ce qu'il était, un territoire bien trop grand, une succession de plaines infinies où le temps se déroulait sans lui, ravalant et crachant sa propre force, comme les langues d'un orage. La vie ne lui appartenait pas. Elle courait en lui, il pouvait penser la saisir et profiter de son élan, mais à la fin il se retrouverait dans un lit à regarder les murs ou un rectangle de ciel par la fenêtre, en se répétant la même question. *Qu'ai-je vraiment eu ?*

Et il sentit le bébé bouger sous sa main.

Cela avait ressemblé à un soubresaut étouffé, un remous conscient – presque une désapprobation, qui réveilla Anna. Elle se tourna vers lui.

— Je l'ai senti.

— Je sais, marmonna-t-elle en se pelotonnant dans les draps.

Il respirait son odeur, veloutée et salée, et rencontra ses seins gonflés qui auraient dû le tenter davantage, au lieu de quoi il restait appuyé sur un coude.

— Est-ce que ça va ?

Elle avait ouvert les yeux. Il voyait le reflet infime dans ses pupilles.

— Je m'inquiète pour toi, pour le bébé. Et pour moi aussi je crois.

Elle caressa sa joue, puis y laissa sa main, comme pour le délivrer. Il n'avait qu'à lui confier ses peurs, qu'à les laisser glisser. Aussi immenses soient-elles, elles ne seraient qu'un murmure dans la chambre.

— C'est à propos du temple ?

Oui, ça l'était. Évidemment que ça l'était. Plus rien d'autre n'occupait ses pensées. Il confia ses doutes à Anna. Sa provocation devant les Veilleurs à la ferme de Matteus n'avait été qu'un leurre. Il ne forcerait pas Peter à lui avouer ce qu'il savait, à supposer qu'il sache quelque chose et qu'il ne soit pas qu'un vieillard borné. Et celui qui avait tué Matteus, s'il était seul, n'avait aucune raison de se trahir. Peut-être se tiendrait-il tranquille. Mais peut-être allait-il continuer. Et s'il voulait s'attaquer à eux dans leur sommeil ? Et s'il s'en prenait au bébé ?

Ce fut elle qui se redressa cette fois.

— Pourquoi le bébé ? Il n'y est pour rien, pourquoi lui voudrait-on du mal ?

Parce que ce serait facile, pensa Sören en tremblant.

— Je sais, je sais. Je m'inquiète sans doute pour rien.

— Il sera surveillé au temple, les nourrices ne le quitteront pas, n'est-ce pas ? Il ne risquera rien ?

Ses phrases étaient des questions autant que des prières. Il se sentit coupable de la mettre dans cet état.

— Tu as raison, dit-il en la serrant contre lui, et il fit de son mieux pour mentir, comme s'il essayait de convaincre la vie elle-même. Je trouverai un moyen. Je ne laisserai rien nous arriver.

Il dégagea ses bras quand il fut certain qu'elle dormait. La lumière qui pénétrait sous le volet avait graduellement changé, s'inversant pour atteindre une teinte argentée. Il crut qu'il verrait le jour se lever. Pourtant il finit par s'endormir dans le tourbillon de ses pensées, où il cherchait comment confondre les yeux rouges avant qu'il ne soit trop tard.

Ils appelèrent l'enfant Bo, qui voulait dire vivant, pour contrer le présage de sa pâleur – l'enfant était si blanc, même couché sur la poitrine d'Anna exténuée, blanc même quand il pleurait. On aurait dit que son sang refluait loin sous la surface de sa peau, où s'étendaient pourtant les nervures bleues de ses veines. *Il va très bien*, les avait rassurés Sara. *C'est un beau garçon*. Il était sorti sans trop de peine, après une dernière poussée, tombant dans les mains de l'accoucheuse avec un cri indécis d'abord, puis éclatant, emplissant l'espace d'une vibration claire. Un long cordon de chair violacée pendait de son ventre, que la nourrice coupa prudemment pendant que Sören tenait son fils en contenant une émotion qu'il n'avait jamais connue, un rire où des larmes affluaient. Leur bébé avait un collet de cheveux noirs, encore poisseux. Ses bras et ses jambes cherchaient à s'agripper à l'air. *Il a froid*, avait expliqué Sara. *Il faut qu'il soit contre sa mère*. Elle l'avait essuyé avec une énergie qui avait presque effrayé Sören – la manière dont le tissu avait frotté les fines paupières, le nez, la bouche tremblante –, et elle l'avait confié à Anna qui ne semblait plus se soucier des pertes épaisses coulant entre ses jambes. Sören s'était assis près d'elle, au bord du lit, et l'écoutait.

— Bienvenue, Bo. Bienvenue, mon fils. Là, là, tout va bien. Tu as faim, je sais.

Lorsque Sara se fut assurée que la mère ne risquait rien, elle disposa des linges propres et demanda une autre bassine pour se laver les mains. Sören revint après avoir jeté l'eau rouge dans le champ. Ce fut à ce moment qu'Anna, sans un mot, tendit la main vers la nourrice qui crut que quelque chose n'allait pas. L'enfant s'était endormi.

— Qu'y a-t-il ?

Anna s'agrippa à son poignet.

— À l'automne nous vous le confierons.

— Bien sûr, répondit-elle, légèrement troublée par cette étrange pression à son bras qui ne diminuait pas. Je le sais bien. Il faut vous reposer maintenant.

— À vous seule, et vous veillerez sur lui. Vous resterez près de lui. Vous comprenez ? Vous devez me le jurer.

Les yeux d'Anna reflétaient l'épuisement, une forme d'égarement peut-être, noyé dans un voile humide qui perlait à l'angle de ses paupières. Mais il y avait autre chose, de plus ardent. Un grondement. À son chevet, Sören regardait la nourrice sans un mot.

— Bien sûr, promit Sara. Bien sûr, je peux faire cela pour vous.

Anna relâcha sa prise, et se remit à sourire tendrement à son fils, comme si rien ne s'était passé. Sara mit un moment à reprendre ses esprits. Elle plongea ses mains dans l'eau tiède. Les doigts d'Anna avaient imprimé des empreintes livides dans le sang séché sur sa peau.

La chaleur étreignit la vallée, planant comme un rapace. Le parfum de l'air changea, charriant des notes d'amandes grillées, d'épices libérées par les voiles des fougères qui s'aventuraient hors des sous-bois ; les collines furent bientôt séchées de céréales et parcourues par les hommes, qui faisaient taire à leur passage la trépidation des insectes dans les hautes herbes. Sören perdit un agneau, et pensa que la mère, trop affaiblie, serait emportée aussi. Il la retrouvait allongée dans la paille, occupée seulement à continuer de respirer, et c'est lui qui devait la mettre debout en l'agrippant par la laine de ses flancs. Et puis elle finit par tenir seule sur ses pattes grêles, tremblantes, et regagna le pré. Le matin Sören partait aider à la récolte, et rentrait quand le soleil était au plus haut, avec un panier rempli de prunes ou de mûres sauvages. Il passait le reste de la journée aux champs : il fallait faucher, rassembler le bois, battre le blé, brûler les broussailles jusqu'aux racines. Anna l'accompagnait, protégée par la fraîcheur de la bergerie, et donnait le sein à leur enfant, ou bien elle le laissait dormir dans la courbe de son bras. Les bruits extérieurs la berçaient. Les appels implorants des agneaux, leurs courses soudaines. Les coups de hache sur les souches. Sören la retrouvait souvent assoupie à son tour, et il restait près d'elle. Il s'asseyait non loin des portes ouvertes et admirait le paysage qui resplendissait de couleurs pures – le ciel, mouillant l'horizon de bleu, les arbres prodigues, les talus blanchis d'achillées. Quand il voyait de la sueur perler sous le ventre d'Anna, il déplaçait Bo comme la chose la plus précieuse du monde. Parfois un oiseau traversait le cadre en sifflant, et leur fils était pris d'une secousse dans son sommeil ; il haussait ses infimes sourcils, sa tête basculait en arrière, ses mains s'ouvraient un instant avant de se rétracter. Il souriait à ces doigts qui n'avaient pas la taille d'un bourgeon. Il aurait voulu passer sa vie comme cela.

S'il s'en allait au-delà de leurs terres, plus bas sur le sentier, Anna s'asseyait avec le bébé à l'ombre d'un vieux cerisier, dont le tronc était lardé de craquelures laissant perler une gomme brune, comme s'il éclatait lentement de l'intérieur. Sören se retournait à plusieurs reprises vers eux sur le chemin, jusqu'à ce qu'ils ne soient qu'une forme lointaine, et il allait se courber avec les autres, affairé dans les sillons des labours.

Il les retrouvait sous l'arbre à son retour, et s'il tardait trop Anna était accueillie par une voisine. Il y avait toujours des feuilles de mélisse séchées à trier pour les infusions, des pois à faire sortir de leurs gousses en écartant les fruits véreux. On s'extasiait sur ce bébé dans son couffin en tissu, tellement calme, et qui avait le front de son père.

Sören s'absentait si longtemps certains jours qu'il faisait presque nuit quand il frappait à la porte de chez eux – Anna devait attendre sa voix pour libérer le verrou, il avait insisté sur ce point, et lorsqu'elle avait demandé quoi faire si quelqu'un d'autre essayait d'entrer, il avait ouvert le tiroir où étaient rangés les couteaux, sans rien dire –, elle faisait chauffer de l'eau pour son bain et débarrassait ses cheveux de leur poussière. Même alors, tandis qu'il fermait les yeux, la nuque appuyée sur le bord du baquet, et qu'elle massait ses tempes avec l'huile où elle laissait macérer de la lavande, elle ne pouvait vraiment l'apaiser. Un masque d'inquiétude ne le quittait jamais. Il épuisait son temps à travailler sans cesse et gardait pour lui l'essentiel de son quotidien.

Un matin il décida d'agrandir la remise, arracha furieusement la moitié des planches. Il avait envoyé Anna se réfugier dans la bergerie, sur un lit de paille fraîche, pour que le petit dorme un peu malgré les coups de marteau, et puis il les avait rejoints :

— Il me faut du bois, avait-il dit, navré. Je vais devoir démonter cette palissade.

Son regard se perdait souvent dans le vague, fixé vers le lointain. Anna lui répétait qu'il ne mangeait pas assez. L'été tira à sa fin et il était encore élancé, les muscles visibles sur ses bras et son torse, développés par le labeur. Il avait rempli leur cellier de provisions. Un ciel clément avait gratifié les villageois d'une moisson généreuse ; les fruits étaient charnus, les liqueurs seraient fameuses. Lorsque le vent évolua, attirant des nuages impénétrables qui déversèrent les premières pluies, il fixa des équerres de métal à l'intérieur des volets, puis les renforça de traverses en chêne qui valaient bien le prix d'un chevreau, et dont il refusa d'avouer à Anna comment il les avait obtenues. Il tournait en rond d'une porte à l'autre, semblant s'impatienter contre un déluge de grêle qui ne venait pas. Il lui arrivait de rester sur le seuil de leur ferme et de parler à Bo qui piaillait dans ses bras. *Tu vois toutes ces feuilles qui volent ? Les étourneaux s'en vont, c'est l'essaim noir là-bas.*

Il sentait le cœur d'Anna commencer à se serrer, comme le sien. Ils n'en avaient pas parlé depuis le printemps, enfouissant cette idée sous des évidences plus lumineuses – la paix de Bo, l'indolence des journées de chaleur –, mais le temps approchait : confier leur bébé au temple. Ils partageaient cette peine secrète. L'enfant ne les quittait plus, ils s'asseyaient autour de lui pour le regarder dormir et se chuchoter leurs pensées.

— J'espère qu'il ne pleurera pas trop. On dit que certains bébés s'épuisent de colère.

— Il sera peut-être agité au début. Mais regarde comme il a déjà grandi. Tu te souviens qu'il n'avait presque pas de cheveux ?

— Quand sa première dent a percé, il ne voulait plus manger, rien que se coller à moi. Je devrais lui laisser la chemise que je porte souvent.

— On devrait se coucher surtout. Se reposer un peu.

— Vas-y, si tu veux. Je vais rester encore.

Sören aurait aimé lui avouer que c'était exactement ce qu'il s'apprêtait à faire : rester à supporter le ciel délavé, les terres humides. Cesser de bâiller et d'être absorbé par une fatigue pressante. Résister à la progression du froid. Ce n'était qu'une idée pour l'instant, nourrie de sa seule volonté, qui ne se révélerait qu'au premier jour, lorsqu'il aurait à s'enfermer seul avec sa nourriture. Une chose insensée, dont il s'était assez persuadé pour que la réalité à son tour ait l'air d'être un rêve : bientôt, il faudrait se séparer de Bo. Laisser le temple se refermer sur lui.

Lorsque ce dernier matin arriva, Sören ne parvint pas à croire tout à fait qu'il se tenait sous les murs du temple, entouré de l'automne et d'une brume qui mouillait comme une pluie, accrochant une rosée brouillée aux cheveux d'Anna. Elle serrait Bo pour que rien ne le touche, ni personne si elle avait pu. Sara ne brusqua pas leur conversation. Elle les écoutait, habituée à cette patience où se préparait la douleur. Elle proposa de tenir le couffin d'abord, fit porter les quelques affaires de l'enfant dans sa chambre par une autre nourrice. Elle avait un ton doux, et une phrase qu'elle prononça quand il fut temps : *Ne le laissons pas prendre froid*, qu'elle accompagna de ses mains tendues. Cela suffit à les séparer.

Ils rentrèrent à la ferme, les doigts entremêlés, préparèrent l'intérieur pour les mois à venir. Une fatigue plus grande les avait saisis tout à coup, occupant la place laissée vide en eux. Anna ne pouvait se défaire de l'image de son fils, ses yeux écarquillés quand elle l'avait remis à la nourrice. Elle eut envie de le respirer, plusieurs fois, rien que ça : sentir le parfum de sa peau. Sören s'efforça lui aussi de se souvenir de cette odeur, suave, qui montait du cou de leur bébé quand il embrassait ses joues rondes comme des pommes. Un parfum chaud, lacté, légèrement acide. De la myrtille ? Il avait adoré ce petit, à la seconde où il était né. Il l'avait adoré parce qu'il était comme lui. Le même enfant vaguement inquiet, sentant que son calme n'était pas fait pour ce monde et l'exposerait à la douleur. Il l'avait porté chaque jour depuis des mois et il venait déjà d'oublier la sensation de son poids.

Il se mit au lit avant Anna, comme pour se dépouiller de mois entiers d'attente, mais il ne dormit pas. Elle comprenait très bien pourquoi, et ils n'avaient pas besoin de se l'avouer. Attendre dans la pénombre de la chambre était assez, en se blottissant l'un contre l'autre. Une caresse, parfois, sur ses longs cheveux. Un soupir en se retournant. Anna se laissa glisser dans la nuit, qui la libérerait au moins du manque. Sören le devina, à sa respiration, cadencée, profonde. Il songea qu'une année encore avait disparu. Son esprit passa en revue chaque ouverture de la maison, les loquets et les portions de nourriture. Il espérait avoir suffisamment amassé. L'hiver lui fit l'effet de ces monstres d'histoires, qui rôdaient et guettaient la moindre brèche. Sören ne pensait plus que de telles créatures soient réservées aux contes. Il devinait qu'elles savaient se déguiser en hommes. Et sous d'épaisses couvertures, enfermé du mieux qu'il avait pu, il se demandait si une faille lui avait échappé.

III

« Tu me regardais, dans ma nuit,
Avec ton beau regard d'étoile. »
VICTOR HUGO, *Les Contemplations*

Quand il se pencherait, bien plus tard, sur la manière dont il avait survécu – son errance parmi les absents, la solitude, le moment où il s'était écarté pour toujours en avalant l'élixir des Veilleurs, et bien avant cela : trois saisons à bâtir des abris en secret –, et son ivresse face au premier hiver de sa vie, Sören confierait à son fils que tout se résumait à cette simple vérité : il n'avait eu qu'à attendre.

Encore maigre et fatigué, au début du printemps précédent, on l'avait conduit chez un mort. Il avait fouillé seul la maison de Matteus, couvrant sa respiration dans le creux de son coude, en se forçant à ne pas penser au cadavre, sec et vidé comme la mue d'une larve. Il ne savait même pas ce qu'il cherchait alors, sinon combler le doute dans son esprit (avait-on vraiment tué le vieil homme ?), le boucher avec quelque chose qui devait bien être là quelque part. Il avait ouvert les placards, qui contenaient tout juste assez de provisions pour tenir une semaine. À peine mieux dans la remise, qui s'enfonçait dans le sous-sol et l'avait forcé à progresser tête baissée devant les poutres ; elles étaient trop hautes pour qu'il risque vraiment de s'y cogner, mais les toiles d'araignée, si épaisses qu'elles étaient gavées de poussière, l'avaient dégoûté. Et tous ces petits trous de vers à bois.

Sur le côté du bâtiment, il était resté une porte, dressée dans la terre, encadrée de pierres grossièrement maçonnées, s'ouvrant sur une cave – en réalité, un boyau horizontal, étroit, creusé dans le talus. Un fatras de vêtements pendus aux murs, côtoyant des rubans de viande séchée, des cagettes de choux et de carottes couvertes de moisissure, des claies où s'entassaient des oignons à moitié pourris. Il avait trouvé la trappe à mi-chemin, aux traces qu'elle laissait dans le sol. Un morceau de corde épaisse servait de poignée. Derrière il avait découvert les jarres de rigichor, fermées par un disque de bois.

Il ne se souvenait pas d'avoir voulu les cacher tout de suite ; quand il les avait sorties à la lumière, avec le manteau en peau de cerf, d'un cuir bruni, magnifique, il avait répondu à un réflexe de conservation, comme il aurait pu sauver de la vaisselle, étonnamment préservée, d'une maison en ruine. Tout aussi simplement il avait décroché la toile huilée, cloutée à l'entrée de la cave, délogeant au passage une colonie de cloportes, et avait tout emporté au pied d'un noisetier envahi de lierre où il avait enfoui son butin sous des branches. Il avait compris qu'il n'avait pas l'intention d'en parler à qui que ce soit. Pas même à Anna. Il espérait encore dissiper ses soupçons. Laisser passer quelques jours et admettre que tout cela n'avait été qu'une erreur de jugement, causée par l'état proche de la gueule de bois dans lequel vous mettait le long sommeil. Il l'espérait de toutes ses forces. Parce que dans l'hypothèse où il aurait à revenir, la solution qui patientait sous les branches, à l'abri de l'humidité pour un temps, était aussi dangereuse que définitive.

Dans les mois qui avaient suivi, sa vie s'était dédoublée. Sören libérait les brebis à l'aube, quand l'air était vaporeux, puis faisait le tour du champ. Il éclaircissait les broussailles compactes, inspectait ses pièges devant les galeries des lapins. On lui laissa un cheval pour qu'il prépare sa terre avant les cultures, et en échange il aida à semer puis récolter trois arpents de seigle. Il allait chasser, glaner. Anna put faire confire des bassines entières de gibier et de baies sauvages. Il fut un ami dévoué, un voisin qui ne rechignait pas à aider au grillage des grains d'orge, et qui rentrait en empestant la fumée, la conscience assourdie par l'alcool partagé, trouvant que le soir avait une délicieuse teinte rose – et il devint père. Son fils ne pesait rien. Sören n'avait pas la sensation de le porter, tout juste de l'accueillir en équilibre au bord de ses bras, murmurant pour éteindre la fin de ses pleurs. Il aurait voulu lui imprimer sa force, mais les bébés n'étaient pas faits pour être étreints. Pourtant, on ne pouvait faire autrement que de vouloir les apaiser de tout. *Je suis là. Je te protégerai*, disait-il – ou bien il le pensait en souriant sur son sommeil, puisqu'il ne pouvait pas tout avouer.

Cela faisait des semaines qu'il mentait. L'autre moitié de ses heures était là, comme dans un repli : des actes dissimulés, des réflexions pour lui seul. Il avait investi cette seconde existence avec une étonnante facilité. Le tout était d'avoir une excuse à présenter, une raison qui occupe l'attention. À plusieurs reprises il avait franchi les hauts murs, prétextant un nouvel inventaire des vivres ou un oubli d'approvisionnement, et chaque fois les Veilleurs lui avaient fait cette dérangeante impression de le traiter comme une bête dangereuse qui traverserait leurs jardins : ils se taisaient tous à son passage, et ne le regardaient que par le coin étroit de leurs yeux. Sören s'efforçait d'afficher un sourire cordial, presque niais, mais ces gens désormais lui faisaient peur. Quelqu'un au moins parmi eux était un meurtrier. Quelqu'un, au milieu de ces silhouettes bleues qu'il croisait le long des allées et des couloirs, devait serrer les poings et se réjouir d'avance dans son dos. L'hiver viendrait ; si Sören laissait se dérouler les événements, il sentait qu'il mourrait, on le tuerait et sans doute Anna avec lui. Il n'entendrait peut-être pas le moindre bruit. Son agonie ressemblerait à un cauchemar douloureux dont il ne s'éveillerait pas. Ce qui le terrorisait le plus, c'était la certitude que même en sachant tout cela, rien ne pourrait empêcher son corps de céder au sommeil. Ou presque.

Quand il avait su qu'il ne tirerait rien de Peter ni des membres du temple, que tout le monde y resterait silencieux, par ignorance ou par entêtement, il s'était rapproché des nourrices. Il lui fallait rassembler assez de détails sur l'élixir et la vie derrière les grandes portes, comprendre comment vivraient ces gens lorsqu'on le croirait endormi – et éviter de s'empoisonner lui-même. Il venait pour les coliques de Bo, et amenait les femmes à lui parler de leur quotidien, des activités de l'hiver, du nombre de tasses de rigichor qu'il fallait boire chaque jour. Il avait depuis longtemps ramené les jarres de Matteus, au fond d'un chariot rempli de bois, et les avait cachées sous un tas de foin dans le grenier de sa bergerie. Si tout était encore consommable (et il n'avait pas de raison d'en douter), il en aurait assez pour cinq, peut-être six mois, à supposer que les informations qu'il avait pu recueillir sur la dose quotidienne eussent été exactes. Il n'aurait qu'à en boire davantage s'il sentait le sommeil le gagner, le moment venu – et à ce moment-là, qui avait tout d'une folie vers laquelle il se ruait, il faudrait qu'il soit quelque part, il ignorait encore où, mais allongé dans l'obscurité.

Il se décida pour la bergerie au milieu de l'été, quand il fut aisé de faire passer ses préparatifs secrets pour des travaux habituels. Le bâtiment était en assez bon état pour le protéger du vent et du froid ; suffisamment à l'écart de la route, mais offrant une bonne vue sur le chemin et sur la ferme. Il reboucha avec un mélange de paille, de lin et de terre les cavités où les rouges-queues venaient nicher, et renforça le plancher du grenier. À la limite intérieure du toit, il disposa des lattes amovibles qui lui serviraient de fentes d'observation. Il vendit quatre de ses bêtes quand elles furent assez grasses, et demanda à récupérer les peaux pour y tailler un manteau ; avec le reste de l'argent il se procura les fournitures listées mentalement : plusieurs couvertures épaisses, de bonnes flèches à la pointe en fer forgé, de l'huile de lampe et un mètre de mèche. Il les rangea dans sa réserve, sous un lit de paille, prétextant qu'il allait rentrer les moutons pour la nuit, tandis qu'Anna donnait le sein à Bo.

Ce soir-là, en descendant l'échelle, il avait terminé. Les bêtes dans leurs parcs étroits se bousculaient à son passage, mais bientôt elles passeraient l'hiver au temple et il serait seul ici. Il s'était constitué son abri. Sa prison. Il avait fait davantage, ces derniers mois, que rassembler des objets. Chaque fois qu'Anna berçait Bo en murmurant, Sören sentait qu'il n'avait pas de bien plus précieux, ni de certitude qu'il ne puisse leur sacrifier. Aucun mal ne devait les frapper, même si cela revenait à tomber à leur place. Il avait laissé l'idée grandir en lui, si absurde et inquiétante qu'il avait eu besoin de tout ce temps pour l'accepter : il allait quitter sa vie. Il s'était préparé comme pour une tempête, l'esprit agité d'un courant nerveux. Mais rien n'allait éclater. Au contraire il entrerait dans le silence, et le froid, et l'absence de tous. Ils seraient là sans qu'il puisse jamais les atteindre. Sören eut l'impression de s'en aller vers la mort, ou plutôt de rester à l'attendre, à l'ombre d'un réduit où il ne tenait pas debout. Il ignorait si elle viendrait. Il se pouvait qu'il ait eu peur pour rien et qu'elle ait préféré abandonner ; que Matteus lui ait suffi et qu'elle soit repue. Mais si elle décidait d'approcher en marchant hors du temple dans ses habits bleus, il serait là.

Vint la dernière nuit – la première de son départ. Il n'avait pas eu sommeil. Il avait commencé à boire du rigichor depuis une dizaine de jours (le liquide avait tout du poison infect, acide, qui brûlait la gorge comme s'il vous sortait de l'estomac), et sa fatigue lui donnait l'impression de se dilater : elle colonisait ses membres et le laissait par moments dans un abattement complet. Mais il demeurait éveillé. Lorsqu'il sut qu'Anna s'était endormie, il demeura encore auprès d'elle. Il l'écouta respirer, longtemps, songeant que ce souffle avait toujours été insignifiant pour lui, et voilà qu'il était tout ce qui comptait ; et puis il se leva, sans que rien l'y ait décidé. Il quitta la chambre et rejoignit la cuisine, s'habilla sans bruit. Il fit coulisser la barre qui maintenait la remise fermée, s'y glissa, la ferma de nouveau de l'intérieur. Derrière l'étagère qu'il avait récemment construite, il tâtonna jusqu'à sentir les contours du panneau aménagé. Il rampa et le poussa devant lui. Il se retrouva dans l'herbe, à l'arrière de leur ferme. Les sons de la nuit lui parvinrent : le souffle hésitant du vent, le balancier d'arbres proches. Il remit le panneau en place et le dissimula derrière un vieux tonneau qui se remplirait de pluie, puis regagna son étage dans la bergerie, sans allumer la moindre lumière. Les formes émergeaient devant lui, avec leur réalité incertaine : la porte, les barreaux de l'échelle, l'alcôve en soupente. Il déroula la couverture et façonna la paille sous sa tête, puis s'allongea en croisant les bras. Les battements de son cœur pulsaient à un rythme déréglé à ses poignets. *Voilà*, se dit-il, *voilà ce que ce sera désormais, d'attendre*. Il ferma les yeux sans que le sommeil puisse le prendre, ou alors pour des moments très courts, semblables à des spasmes, dont il émergeait en sursaut. Il vit des images, des rêves qui n'étaient peut-être même pas des rêves – rien que des souvenirs.

Il devina l'aube à la lueur pâle qui pénétra autour de lui, si timide qu'elle paraissait être une autre couleur de la nuit. Il déjeuna d'une bouillie de châtaignes et de lard, prélevée dans sa réserve – assez pour deux semaines, avant qu'il n'ait à s'approvisionner. Il resta là. Pendant plusieurs jours il tenta de se faire à ses nouveaux murs, à l'odeur animale, rance, qui montait du sol. Le passage du temps devint un sentiment confus. Sören n'avait presque rien à faire. Il aiguisait le tranchant de son couteau, essayait d'observer son reflet sur la lame mais il ne se voyait que par morceaux déformés. Il cousit ensemble les pans de peaux de moutons, à points sommaires, changea la corde de son arc. Il sortait la nuit quand l'enfermement devenait étouffant. Il vit les constellations changer de place dans le ciel. Et pour la première fois de sa vie d'homme, il vit le froid marcher sur le monde.

La neige commença par hésiter. Elle laissa de petits paquets plantés entre les herbes, comme des graines qui auraient coulé d'un sac crevé. Sören crut que peut-être l'hiver s'en tiendrait là, que les souvenirs incertains qu'il avait de son enfance, ces décors blancs, provenaient d'une circonstance exceptionnelle. Un air piquant lui fouettait le visage quand il s'aventurait dehors ou qu'il observait les alentours depuis les interstices de son grenier. Il pensa que cette saison ne lui montrerait qu'un vent de plus en plus rude, dénudant la vallée jusqu'à l'écorce. Le soleil reparaissait parfois, mais le plus souvent l'horizon baignait dans un voile d'un gris tassé, dégoulinant, où Sören n'anticipait rien.

Il ne savait plus lire les nuages. Et puis un matin il sut que quelque chose s'était produit ; une sorte d'altération, qui n'était pas seulement dans la lumière, ni dans l'air, mais dans tout cela à la fois : l'impression d'un flottement. La nuit était en train de disparaître. Sören ignorait combien de temps il lui restait avant le lever du jour ; assez peu, s'il se fiait à la hauteur de la bougie plantée dans sa lanterne. Un demi-pouce de cire avait déjà fondu, figé dans une flaque laiteuse. Il défit l'une de ses planches de guet et il connut la neige.

Elle tombait à n'en plus finir. Le mince intervalle par lequel il la regardait ne lui suffit plus, et il descendit entrouvrir la porte de la bergerie. C'étaient des averses furieuses, parfois déviées par le vent, des cascades lentes ou des tourbillons, mais qui ne faisaient aucun bruit – une tempête qui planait. L'horizon s'était effacé. Il regarda le champ être recouvert, puis disparaître, puis ce fut une grosse pierre contre le talus, le talus lui-même, les arbustes encore. Les flocons changeaient de course, gagnaient en épaisseur, ils s'accrochaient à la moindre brindille, aux dernières traces des sentiers. Tout fut d'abord estompé. Tout fut enseveli. Après assez de jours, les arbres n'étaient plus seulement blanchis : ils croulaient eux-mêmes sous une strate épaisse, comme s'ils avaient poussé hors de la neige et en étaient encore couverts. Comme s'ils étaient faits d'elle.

Sören dut veiller à dégager sa porte, faute de quoi il ne pourrait plus l'ouvrir. Il craignit que cela ne trahisse sa présence ; mais l'entrée de la bergerie donnait sur le champ et un morceau de forêt, et il supposa que personne ne viendrait de ce côté. Il modela la neige en amas lisses, pour reproduire la forme que lui donnait le vent contre les murs. Ces volumes lui évoquaient parfois des courbes animales, des têtes, leurs gueules blanches ouvertes sous des yeux creux, comme le faisaient les nuages radieux du printemps. Il dessinait ces lignes du bout des doigts, souriait, puis les dispersait. Il en gardait des morsures cuisantes sur les mains.

Il se mit à rêver d'un feu. Impossible, ici (il n'allumait sa lampe qu'en de rares occasions, et avec d'infinies précautions, car la paille aurait fait flamber tout l'endroit le temps qu'il cligne des yeux), mais s'il sortait, peut-être. Il rassembla les fournitures nécessaires, rajouta des bandes de laine à ses chevilles et à son cou. Il hésita un instant en regardant sa ferme, en imaginant Anna endormie. C'était la première fois qu'il allait s'éloigner. Personne n'était venu rôder depuis qu'il se cachait là, il n'avait pas vu la moindre silhouette humaine. Aucune trace de pas. Les Veilleurs étaient occupés en journée, le temple était loin en bas de la route, la neige était haute. Il pensa que le risque était minime. Il conjura cette idée en s'enfonçant dans la neige collante et pénétra dans le sous-bois.

Seuls les pins répandaient de l'ombre. Leurs troncs bruns rougissaient dans le soleil rasant. Sören marcha longtemps, en proie à un émerveillement constant. Sa présence au milieu de ce désert éblouissant lui inspirait des sentiments contraires, comme si un tel calme ne lui revenait pas, mais lui parlait pourtant : ainsi il admirait la fine poudre qui s'envolait sous ses pas, mais il laissait une longue traînée insolente derrière lui. Les empreintes des animaux étaient dérisoires, comparées aux siennes. À peine une griffure. Il suivit des yeux la ligne régulière d'un renard, la fourche d'une corneille. Les sabots des chevreuils plantaient deux lobes allongés, quand le lièvre avait un bond étrange, ses pattes avant disposées comme deux points l'un au-dessus de l'autre.

Dans ce qui lui sembla être une clairière, il dégagea le sol autour de lui, à grands coups de pied, jusqu'à retrouver de grosses branches, couchées depuis les orages de la fin de l'été, et un tapis de feuilles noircies, collées ensemble. Il alla arracher des rameaux morts sur des arbres environnants – il se mit à sourire malgré lui lorsque des chapelets de neige lui tombèrent dessus, en particules glacées –, les brisa en tiges plus courtes encore. Il sortit de son sac une poignée de foin et la déposa à l'abri du vent, prit un morceau d'amadou dont il gratta la surface, et y jeta les étincelles de son briquet à silex. L'amadou crépita. Il l'enferma dans un nid de foin et souffla longuement, jusqu'à ce que la fumée soit assez dense. L'herbe sèche devint noire. Il ajouta le bois sec et laissa le feu grandir. Il leva la tête vers le panache, le blanc qui rejoignait le blanc. Il s'était posté au-delà de la crête, les flammes n'étaient pas vives ; il y avait peu de chances pour qu'on le remarque depuis le village. Assis sur une de ses couvertures, il profita de la chaleur, comme d'un bienfait trop longtemps ignoré. Il la laissa le débarrasser des aiguilles qui perçaient le bout de ses doigts. Après un moment il leva le camp, son corps empli d'une mobilité nouvelle. Il marcha vers le soleil sans suivre aucun sentier, rien qu'une trouée de lumière dont la pente montait entre les arbres. Il émergea de la forêt au sommet du vallon des Noës, avança encore, laissant la végétation dans son dos, attiré par le paysage qui se déployait.

Il laissa échapper une furtive exclamation, puis une autre – une série d'éphémères nuages de vapeur s'envolant de sa bouche, comme s'il cherchait à respirer. C'était la plus belle chose qu'il ait jamais vue. Le coteau s'ouvrait devant lui. Son versant parfaitement lisse, brillant comme du satin, plongeait en courbe à ses pieds. Un flanc souple, sculpté par le vent, qui avait par endroits les formes ourlées d'un tissu, le grain d'une peau laiteuse. Dans cet horizon immobile et aveuglant, il aperçut sans peine un groupe de sangliers qui progressait en ligne sous la corniche opposée, fouillant le sol englouti sous leurs pattes. L'un d'eux bondissait parfois hors de la masse blanche, avant de s'y traîner à nouveau. Sören saisit l'arc glissé derrière son épaule, posa une flèche sur son index et pointa dans leur direction. Puis il se ravisa. Les bêtes se déplaçaient lentement, elles n'étaient pas si loin ; mais c'était inutile. Il perdrait sa flèche sans doute, et même s'il atteignait sa cible, il ne voyait pas comment traîner seul une carcasse aussi lourde. Surtout il trouva que son intention était déplacée, presque offensante. Il regarda leurs formes trapues se mouvoir, puis disparaître. Le val et la colline redevinrent à lui. Tout le bassin scintillait et l'appelait. Il fit un premier pas, s'enfonçant jusqu'en haut du mollet. Le relief suivait une dénivellation régulière : Sören amorça sa descente en se penchant en arrière, mais la neige s'effondrait et ne lui procurait pas la stabilité suffisante. Ses foulées s'accélérèrent à un rythme qu'il ne contrôlait plus, guidées seulement par le vide et cette chute poudreuse, jusqu'à ce qu'il perde l'équilibre. Il tomba sans douleur, accueilli par l'épaisseur molle, roula sur le dos, glissa encore sur quelques mètres. Il s'assit enfin et regarda la coulée qu'il avait tracée depuis le haut de la crête ; ses jambes étaient couvertes de neige, et lui-même n'était qu'un point imperceptible, c'était comme s'il nageait dans toute l'étendue du vallon. L'air était limpide, presque entêtant. Un sentiment exaltant lui enfla la poitrine. Il se mit à rire, avec une joie enfantine, sans retenue, un rire qui emplissait l'espace, dont chaque éclat ricochait contre les collines miroitantes, sous le ciel bleu d'acier.

Il gardait plusieurs branches de pin dans la bergerie, qu'il avait coupées dans la forêt. Elles amélioraient un peu l'odeur de sa cache, mais il s'en servait surtout pour balayer ses propres traces derrière lui. Il retournait dans leur ferme toutes les quinze nuits environ, en passant au large du champ, quand il n'avait plus rien à manger. Quand il voulait retrouver Anna. Une fois dans la remise, il époussetait la neige de ses vêtements et allumait sa lanterne. Il remplissait son sac de provisions, puis il collait son oreille à la porte : s'il était sûr du silence, il faisait coulisser le verrou et entrait. Pour l'apercevoir, seulement. Il notait du coin de l'œil les bouleversements dans la pièce depuis sa dernière venue (l'état des rations, la nourriture débordant des pots, l'ordre du mobilier) et se postait au seuil de la chambre, sa lueur de bougie dans la main. Le contour du corps d'Anna sous les couvertures lui suffisait. Ses cheveux. Parfois il retournait s'asseoir sur le banc et savourait un morceau de fromage, une poire confite dans le miel, pour le simple plaisir d'être chez lui, même si la table était couverte de restes secs.

Lors d'un de ses repas solitaires, Anna sortit du lit et marcha jusqu'à la cuisine. Il n'osa pas bouger, tout juste eut-il le temps d'éloigner la lanterne. Elle ne portait qu'une chemise tachée s'arrêtant en haut de ses cuisses. Il la vit s'asseoir maladroitement face à lui, puis saisir un récipient de céréales dans lequel elle piocha. Elle se léchait la main, mâchait, attrapait dans ses doigts un ruban de viande séchée, trempait sa bouche dans l'eau déjà trouble d'un récipient. Sören comprit qu'elle ne le voyait pas ; il n'était pas davantage que le mur autour d'eux, un élément négligeable dans le décor de son sommeil. Les yeux d'Anna étaient deux cercles noirs qui passaient à travers lui. C'était une étrange présence incomplète, à laquelle il sourit malgré tout, en esquissant trois mots du bout des lèvres, qu'il ne prononça pas : *je suis là.* Elle parut comprendre durant un instant, suspendit ses gestes, puis reprit sa mastication.

Sören demeurait de moins en moins sous le toit de la bergerie durant la journée. Il s'éloignait dans les bois pour se réchauffer devant un feu, ou pour respirer dans la lumière. Chaque excursion lui révélait un détail différent. Les arbres nus dévoilaient les tresses sombres des nids vides, comme des coupes suspendues. Le givre pouvait hérisser d'aiguilles les baies d'aubépine. Des pointes de glace coulaient sous les roches des ruisseaux figés, sous le rebord des murs, effilées comme des canines. L'hiver était un autre décor, tari, replié à l'intérieur de lui-même, un univers qui attendait. Tout apparaissait enfin. Les rares bruits de la forêt provoquaient chez Sören de légers sursauts, qui n'étaient pas de la peur ; plutôt comme si on le tirait d'un rêve. Au long de ses nombreuses semaines de solitude, où tout avait dû s'éteindre, il lui arrivait parfois d'avoir l'impression de vivre enfin, comme si ce monde était pour lui.

Il avait appris, aussi, où se poster pour observer le temple. Il avait ses passages à l'abri des haies. Les Veilleurs ne s'aventuraient que rarement hors des murs en journée, et seulement pour de brefs moments, le temps de vider une bassine dans un fossé. Ils restaient avec les enfants dans les jardins blanchis, jouaient avec eux parfois, et de loin leur clameur était un triomphe diffus qui s'éteignait dès que le soleil déclinait. Dans les ténèbres, les fenêtres hautes du bâtiment rougeoyaient comme des braises fatiguées. Si des nuages couvraient le ciel, c'étaient les seules lumières. Sören les avait regardées scintiller, un soir où il soufflait dans ses mains, réfugié sous l'affût d'un champ. Et il n'avait pas manqué l'autre halo, plus tard cette nuit-là, qui avait traversé la cour et s'était enfoncé dans le village.

Il avait été difficile à suivre. Sören ne pouvait pas risquer d'être aperçu en éclairant ses propres pas – et sans lanterne il n'arrivait à rien. Nuit après nuit, masqué par le noir des collines, il s'était déplacé, s'assurant un angle de vue sur différentes rues. L'ombre qu'il épiait n'errait pas. Elle se rendait toujours aux mêmes endroits, suivant une boucle invariable. Sören rentrait frigorifié. Enveloppé dans trois épaisseurs de couvertures, il se demandait s'il ne perdait pas son temps. Une mauvaise toux commença à lui écorcher les poumons, accompagnée dans les jours qui suivirent d'une fièvre qui lui retira progressivement ses forces. Il se leva un matin avec un nœud dans la gorge qui se resserrait quand il avalait, une sorte de brûlure derrière la langue, mais il avait pu faire passer des croûtons de pain détrempés. Les quelques mètres jusqu'à l'arrière de la grange lui semblèrent éprouvants : isolé contre une haie semi-sauvage, garnie des fruits rouges du houx, il évacua une urine foncée, qui sortit en maigres saccades. Peut-être que tous les tuyaux de son corps avaient décidé de se refermer. Tout juste trouva-t-il encore l'énergie de boire un peu de neige fondue dans un bol, en lui trouvant un goût de ferraille. Le reste du jour, incapable de manger, il sentit son estomac se réduire, étranglé par des gargouillements aigus. Aucun sommeil pour faire avancer les heures. Il contemplait son épuisement. Il était resté sur un amas de paille, à l'entrée de l'abri, une couverture pliée sous sa nuque : les cinq pas vers l'échelle, ses dix barreaux jusqu'en haut et son lit, étaient hors de portée. Tout était si loin, tout à coup. À un certain point il pensa qu'il ne guérirait pas, et une peur sans mesure l'envahit, s'étalant dans son esprit vidé. Il trembla d'être seul. Il eut le besoin urgent de rentrer, d'être avec Anna.

Il quitta la bergerie avec difficulté. Une forme de vertige privait ses jambes de toute consistance, comme si la moitié de son corps était trop légère pour être commandée. Il ne pensait plus vraiment à la douleur qui cognait dans sa tête, il s'y était accoutumé ; est-ce qu'il grimaçait en traversant le champ de neige ? Peut-être. Il aurait aimé être plus rapide, il ne voulait pas tomber ici. Ses lèvres grelottaient sous le froid et les efforts. Il parvint à atteindre la paroi dérobée, rampa dans la remise, et resta allongé au pied des étagères de nourriture, certain de ne plus pouvoir se relever. Ses forces n'étaient plus qu'un mince filet, elles s'évanouissaient sans lui, quittant d'abord ses membres. Il était pris d'une inconcevable envie de dormir, mais pourtant le sommeil n'arrivait jamais. Un tourbillon irrésistible dans lequel il dérivait. Il fixait le jour blanc qui passait sous une planche. Il fermait ses yeux lourds, et parfois quand il les rouvrait il faisait presque nuit. Parmi les bocaux alignés il devait y avoir, quelque part, des morceaux d'écorce de saule et des fleurs de sureau qui l'auraient soulagé, mais il ne savait plus où, et sa main était trop courte. Dans le pli confus de ses pensées, Sören songea à la faiblesse de son père dans ses dernières années. Et il lui demanda son aide, il le pria dans son esprit – peut-être murmura-t-il vraiment.

Après un long moment immobile il se redressa et déverrouilla la porte qui le séparait de l'intérieur de la ferme. De la présence d'Anna. Il alla s'asseoir dans un coin et laissa le mur retenir sa tête. La chambre là-bas était un contour obscur, mais elle y dormait. Sören respirait dans le noir l'odeur de leur maison. Même troublée par l'humidité rance qui flottait dans la pièce, mélangée aux déchets sur le sol, c'était une onde vivante, un souvenir apaisant. Quelque chose qu'il n'avait plus à rechercher. Il acceptait d'être emporté par la maladie, si c'était ici. Il n'aurait rien à faire, juste soulever ses paupières si Anna se levait, l'écouter marcher devant lui, manger, respirer. Son image. Son parfum. Voilà de quoi il pensa s'emplir, jusqu'à ce que ses poumons lâchent. Une vague familière, sur laquelle flotter, puis s'enfoncer profondément. Ce serait comme s'endormir. Le serait-ce ? Cette sensation était déjà si loin. Mais il espéra que ce serait agréable.

Finalement le mal passa, après un dernier assaut qui laissa ses vêtements moites, et Sören regagna son abri. Il eut faim à nouveau, et se remit à boire – y compris le breuvage des Veilleurs. Dans les jours qui suivirent il eut encore quelques frissons qui le saisissaient par moments, avant de l'abandonner. Une sorte de sueur soudaine, nourrie aussi par le rigichor. L'élixir embrouillait son cœur, qui sursautait sans raison, bégayait ou faisait entendre ses accélérations. Pour effacer l'angoisse, ou la recouvrir d'une autre réalité, Sören pensait à son fils, à ses joues rondes, à ses mélodies d'oiseau. Jusqu'à ce que le trouble s'apaise, il posait sa main sur sa poitrine, et attendait – encore, continuellement.

Il y avait des jours de brume, où le ciel lourd se déversait, incapable de s'arracher du sol. Sören allumait sa lampe après avoir repoussé le tapis de paille contre un mur, et il s'asseyait sur les planches nues. Il tressait des cordes en chanvre, tout en observant la campagne environnante par les ouvertures sous le toit. Il reniflait dans le silence. Il y avait soixante-quatre nœuds sur sa ficelle, pour l'instant. Sören le savait d'avance – il les faisait lui-même, un par soir –, et il ne les égrenait que pour s'occuper. Il pelotonnait la corde au creux de sa paume et la remettait dans la doublure de sa manche. Au début de son hiver il avait tracé des bâtonnets noirs sur un tasseau de la bergerie. Il avait même tenu une sorte de carnet, rien de très abouti. Il avait dessiné des fleurs, des plans pour le jardin, à l'aide d'une mine de fusain qui lui avait donné l'impression que chaque esquisse avait brûlé. Il était passé aux encoches sur le bois, avec son couteau – il s'était essayé à de menues sculptures, sans véritable succès. Il avait repris le papier, avait griffonné de grosses croix charbonneuses, et puis elles aussi avaient fini par devenir trop tristes. Et donc la ficelle, désormais. Ses doigts qui comptaient pour lui.

Il y avait une forme d'ironie, bien sûr, dans ce calcul permanent, presque douloureux, alors que le temps le possédait. Quelque chose d'une mouche passionnée par la toile d'araignée. Mais Sören avait commencé à considérer cela comme un déchiffrement du monde ; sans mesure, tout retournait à n'être qu'un déroulement brut, et lui-même n'était guère plus qu'une créature primitive, regardant tomber le hasard comme une pluie de flocons. Si une ombre marchait jusqu'à la ferme cette nuit, à l'extérieur de cet abri où il se sentait glacé malgré la couverture sur ses genoux, elle ne viendrait pas du néant. Elle surgirait de la soixante-quatrième nuit de l'hiver. Une durée égale s'écoulerait encore avant le Réveil ; une fois et demie si la saison était rude.

Cela faisait des semaines qu'il n'avait plus parlé à quelqu'un, peut-être des mois, et les pensées qu'il exprimait à haute voix au début – *Bon, qu'est-ce qu'on mange ? C'est ce qui s'appelle avoir froid, mon vieux* –, même cela s'était tu. Son esprit s'était réduit à un noyau brut, satisfait, assouvi par la répétition de ces gestes, par la fibre qui filait sous ses doigts. Les idées nouvelles ressemblaient à des éclaircies imprévues qui lui faisaient caresser sa barbe, désormais fournie. La corde, ainsi, l'avait mené à penser à la pêche. C'était envisageable. Il récupéra une pince dans la remise, s'exerça à plier des échardes de métal selon la forme qu'il voulait, et fixa ces hameçons de fortune sur plusieurs lignes. Il emporta son couteau et une pioche jusqu'au lac des Noës : il avait disparu sous une couche de glace, elle-même recouverte de neige, mais s'étirait presque davantage, clairière plane au milieu des arbres. Sören repéra la barque renversée au dôme blanc qu'elle formait sur la berge. Il la retourna et la fit glisser jusqu'au bord. Il s'éloigna dans le sous-bois et fouilla la terre jusqu'à parvenir aux couches enfin meubles, où les vers s'étaient enfouis. Quand il en eut réuni suffisamment, il chargea ses affaires avec lui dans la barque.

Il se coucha à l'avant et avança en frappant la glace, tirant sur ses bras une fois que le pic était enfoncé. Cette manœuvre l'épuisa après quelques mètres, mais il pensa être assez loin. Creuser les trous lui demanda plus de temps encore, c'était comme chercher à briser une pierre (peut-être cette épaisseur aurait-elle pu supporter son poids, même s'il se refusait à en prendre le risque), la coque du bateau chancelait, Sören râlait et sentait de la salive lui couler sous la lèvre. L'eau finit par apparaître, sous une pellicule sombre. Il eut du mal à accrocher les vers à cause de ses doigts gourds, immergea un premier fil et ne laissa dépasser que la croix qu'il avait assemblée en liant deux bâtons. Il regagna la berge lorsque tous ses pièges furent posés. Il ignorait s'il en tirerait quelque chose et fut agréablement surpris, le lendemain, de remonter une anguille et une carpe de belle taille. Il les fit griller à quelques pas de là, savourant le fumet qui se dégageait des flammes, puis la chair grasse, juteuse, qui descendait dans sa gorge, un délice presque oublié : de la nourriture chaude.

Il demeura là jusqu'à ce que le feu disparaisse, vaincu enfin par la neige. Même le feu pouvait se quantifier. Le bois soufflait d'abord, il craquait, fumait – il se débattait, en somme –, puis les flammes le prenaient et il devenait un bloc de braises, quadrillé de lignes noires (c'était l'étape que Sören préférait, lorsque des ondes rouges scintillaient dans l'air brumeux), tombait, se désagrégeait, mourait. Quand Sören se releva il secoua sa couverture, sans parvenir à en déloger tous les cristaux accrochés à la laine, qui lui faisaient une broderie de mauvaises perles. Il sortit la bouteille de rigichor du panier et en avala plusieurs gorgées. Le goût était plus âpre encore quand il le buvait froid. Il mordit dans une épaisse galette de blé et recracha les morceaux de croûte trop durs qui lui blessaient le palais. Des rongeurs en feraient leur repas. Des oiseaux peut-être. Il fourra dans son sac ce qui restait au fond du panier : des bouquets de bois sec liés ensemble, un pot de graisse, et se prépara à partir. Là où il était resté, une silhouette sombre se détachait, que la neige reprendrait. Il aurait préféré ne pas avoir à laisser d'empreintes de bottes dans le sous-bois, non par crainte d'être pisté, mais parce que cela lui déplaisait de piétiner cette pureté. C'était une faute.

Il revint souvent pour pêcher, ou simplement s'asseoir, ne rentrant qu'au crépuscule. Il faisait passer sa lanterne d'une main à l'autre pour soulager celle qui s'engourdissait, suivait la bordure extérieure du vallon, à la lisière des terres cultivées, entouré d'un halo ambré qui révélait les talus d'un côté du chemin ; de l'autre, la lueur disparaissait, avalée par l'étendue noire des bois. Il arriva que des jours entiers s'écoulent sans qu'il ne fasse rien. Cette immobilité allait au-delà de la simple économie de ses forces : aucune action ne lui semblait supérieure au calme qui s'était imposé. Sören n'avait plus besoin de choisir. Assis sous le couvert d'un arbre, il regardait la neige tomber de là-haut, une merveilleuse, merveilleuse multitude. Cela faisait deux lunes pleines que l'hiver s'était installé, et tout était blanc depuis longtemps, enfoui sous une couche ronde et débordante. Il se penchait de temps à autre pour évaluer la fin de l'averse et laisser des flocons fondre sur son visage dans un effleurement volatil. Il plongeait ses yeux le plus loin possible mais le ciel était insondable. La neige n'avait aucune origine, pas de source. Elle sortait de ce néant gris tout là-haut où rien ne brillait, et venait parfois lui glacer la paupière, l'obligeant à capituler et à reculer dans son alcôve en souriant. Il passait une couverture autour de ses épaules. Il la faisait tourner autour de son cou et la rabattait comme une cape, qu'il maintenait serrée dans son poing, de l'intérieur. Il la laissait là, à l'abri dans un panier sous une toile de chanvre, avec de quoi alimenter un feu et quelques provisions, pour ses heures de veille. Ses heures à lui. Son attente. Parfois il entendait un froissement au loin. Un amas de neige qui s'écroulait d'une branche, ou un animal dont il ne saurait rien d'autre.

Si le mauvais temps l'empêchait de quitter la grange, il restait dans un coin, se ménageant un siège inconfortable en empilant quelques bûches. Les rafales duraient, couchant les branches dans de brusques accès de colère, glapissant sous les arêtes du toit. Mais Sören s'était rendu compte qu'il était tranquille. S'il avait pu se défaire du froid qui l'engourdissait et de l'inconfort de sa position, il pensait qu'il aurait été comblé. Il n'avait qu'à se reposer ici, caler sa tête dans un angle parfait, s'installer hors de portée de l'humidité et des bourrasques, et laisser couler les heures. Il buvait des gorgées de l'élixir des Veilleurs, qu'il déglutissait lentement. Il s'était fait à la saveur âpre, qui lui évoquait l'herbe coupée, une morsure dans un fruit trop jeune. Parfois, depuis le temple, le vent lui portait le bruit des jeux des enfants, dont les cris rebondissaient faiblement jusqu'à le désorienter et qu'il pense que leurs éclats de rire surgissaient de la forêt.

Quand ses jambes devenaient raides, il se levait et marchait un peu. Il allait uriner contre un bosquet, creusant un cratère jaune dans la neige. Il entrait dans la grange et savourait le parfum du foin. Il grimpait à l'échelle, ou se décidait à faire un semblant de rangement dans la remise, avec des gestes les plus légers possible. Il faisait glisser les courroies de cuir sous ses doigts, soupesait les bocaux, piquait des pommes sur les dents d'une fourche pour voir si une fouine oserait y mordre. En tant de jours et de nuits il avait toujours été seul. Et à la fois il ne l'était pas. C'était ce que cette sensation avait d'unique. Derrière le mur auquel il s'adossait, Anna dormait ou se levait périodiquement de sa léthargie pour manger (il lui arrivait d'entendre tinter un bol derrière la porte), mais elle était enfermée. Retenue par la torpeur de sa condition, comme tout le monde dans la vallée. Si Sören avait pu arpenter le village, chaque maison, dans les rues qu'il aurait traversées, aurait été une cage, et il se serait promené au milieu d'elles, tout-puissant.

Lui-même ne dormait qu'à peine ; il s'allongeait parfois dans la paille, sur une peau de mouton, et quand il rouvrait les yeux au craquement d'une poutre il n'aurait pas su dire s'il avait cédé au sommeil. La fatigue l'avait quitté, remplacée par une fébrilité permanente. Une vibration délicieuse. Ces moments étaient à lui. Il les livrait à ses pensées, et elles aussi avaient étendu leur empire au fil du temps. D'abord étriquées, piégées par le quotidien ou ce qu'il était en train de faire (il faudrait songer à remettre cette barque en place, rentrer à temps pour surveiller la route, avait-il bu assez de rigichor ce soir ?), elles avaient vagabondé de plus en plus loin. Il essayait d'entendre la voix d'Anna. De sentir l'odeur tiède de son sein. Dans le bouillonnement de sa mémoire, il se rappelait plusieurs passages d'enfance, des promenades avec des camarades. Il revoyait quelques images du passé, lui accroupi dans un jardin où il faisait beau, arrachant des fraises de leurs tiges, il serrait trop fort et le fruit s'écrasait, mais c'était un souvenir ralenti, un tableau figé, comme s'il était un adulte occupé à se regarder. Il commentait ces fragments, sous la chaleur de sa couverture. *J'avais pleuré ce jour-là, en me cognant le front*, ou bien : *c'était la première fois que j'osais sauter du muret.* Il prononçait certaines de ces réflexions à haute voix, se surprenant chaque fois lui-même. Et puis il suffisait qu'un oiseau crie dans l'air au-dehors et son corps tressaillait à nouveau, le ramenant à sonder le silence, le regard tendu entre les ouvertures de sa cache.

La nuit où Elias avait essayé d'entrer dans la ferme, Sören était assis en tailleur à l'étage de la bergerie. C'était une nuit comme toutes les précédentes, qu'il occupait les yeux mi-clos, le corps emmitouflé, les oreilles aux aguets, un long moment noir et vide – d'ailleurs quelle était la date ? Même s'il gardait le compte des jours et des mois, cela aurait pu faire un an –, c'était le cœur de l'hiver, à supposer qu'il en eût un. Sören avait cru que c'était son imagination, ou un de ces points de lumière parasites qui flottaient parfois dans son champ de vision et qu'il dissipait en se frottant la paupière. Il s'était raidi en voyant la lueur se préciser, puis révéler un corps qui progressait avec elle. Une silhouette indéchiffrable, comme si la noirceur s'accrochait à son manteau. Sören avait jeté un coup d'œil rapide à la bougie fichée dans une lanterne derrière lui, avant de la souffler ; c'était la troisième depuis le crépuscule, un pouce de haut, qui fondait en quatre heures. Le jour n'arriverait pas avant la prochaine. Cinq heures peut-être avant l'aube. Bientôt les pas au-dehors renvoyèrent un soupir de feutre en écrasant la neige. Sören s'était ramassé sur lui-même comme un chat. Il épia le visiteur, suivit son entrée dans la cour et ne se décida à ramper vers l'échelle qu'à l'instant où l'étranger enflamma une torche, éclairant brièvement un visage d'homme aux cheveux foncés.

Sören fut sur lui après la course la plus silencieuse possible, un bâton à la main, son couteau à la ceinture. Il approcha dans son dos tandis que l'intrus s'affairait devant le volet, tentant visiblement de le forcer : il avait abandonné sa torche contre le mur, mais la vapeur acide de la résine de pin flottait dans l'air. Sören voyait des ombres trembler sur la façade de sa ferme, silencieuse, figée, pareille aux autres constructions de la vallée. Il avançait dans la cour, s'enfonçant jusqu'aux mollets, levant les genoux comme s'il franchissait des barrières invisibles. Il parvint au bec de la pompe, à vingt pas de la porte. L'autre y avait suspendu son sac. Il appuyait maintenant son épaule sous la fenêtre, basculait son poids contre le bois. Ses pieds tassaient la neige dans un crissement étouffé, tout en mordant l'anneau qui tenait sa lanterne. La lumière, plus faible, luisait sous son nez, donnant l'impression de lui sortir de la bouche. Sören était à un pas. Il l'entendait respirer – lui n'était pas certain de le faire encore. Il leva son bras. Quelle force fallait-il mettre ? Il voulait arrêter cet homme, pas le tuer. Et si le coup n'était pas suffisant ? Il imagina devoir enfoncer un piquet, et abattit son bâton.

Un bruit sec, plus faible qu'il ne l'avait imaginé (comme une pierre jetée dans la boue), et le corps s'effondra sur le côté, aussi droit et raide qu'une planche, puis se tortilla dans la neige. Sören ramassa la torche, songeant qu'elle ferait une meilleure arme pour leur trajet jusqu'au temple, pendant que l'autre couinait. La flamme lui révéla son visage.

Un gamin.

Il avait assommé un gamin, sorti de l'adolescence.

Il mit un moment à le reconnaître, à se souvenir de cette matinée où il l'avait vu chez Matteus. Elias. Les traits du jeune garçon, déformés par la douleur et l'incompréhension, ressemblaient à ceux d'un enfant capricieux, pleurant pour obtenir son dû. *Alors c'est lui*, pensa-t-il. *C'est pour lui que j'ai traversé l'hiver et quitté le sommeil.* Sören sentit ses muscles le tirailler, le froid qui engourdissait ses pieds, la lassitude, interminable, qu'il avait accepté d'endurer. C'était comme si le temps avait repris sa marche tout à coup, alignait la somme des jours et des nuits écoulés, le poids des sacrifices, lui rendait son existence et la conscience de ne pas s'être lavé depuis des semaines : toute la peur, la puanteur et l'attente, ramassées dans la banalité de ce jeune garçon, à peine un homme.

Sören hésitait entre lui coller une gifle et se mettre à pleurer.

À ses pieds, Elias remuait dans l'obscurité. La lanterne était tombée de sa bouche (même si Sören pensait, vaguement, avoir entendu le métal tinter entre ses dents), et son corps ne lui obéissait plus. Ses jambes se tordaient dans une tentative de se redresser qui n'aboutissait jamais, pendant qu'une de ses deux mains essayait de rejoindre la douleur quelque part derrière son crâne. Sören tendit la torche vers les taches sombres qui ne cessaient d'éclore dans la neige : du sang. Le jeune homme parvint à rester en appui sur un coude. Il voulut articuler quelques mots mais ne put qu'émettre une sorte de râle.

— Relève-toi, ordonna Sören.

L'autre ne bougea pas, ou ne parvint pas à obéir. Son regard se ruait dans toutes les directions, traquant des mouches invisibles.

— Debout, je t'ai dit.

Sören perçut le ton cassant de sa propre voix. Son inquiétude aussi. Il y avait beaucoup de sang.

— On rentre au temple.

Elias parvint à fixer son attention sur lui – ou à peu près. Son visage ne renvoyait qu'une immense stupeur. Sören se rapprocha.

— Tu vas me suivre et tu leur diras tout, déclara Sören.

— Toi ? Qu'est-ce que... qu'est-ce que tu as fait ?

La torche jetait sur eux des reflets de braise. Il y avait juste assez de lumière, et Sören était suffisamment près, pour qu'Elias les voie, maintenant : les veines rouges dans ses yeux qui le bravaient.

— Lève-toi, menaça-t-il. Je ne le répéterai pas.

Sören l'aida à avancer en lui agrippant le bras (*écraser* serait plus exact), mais Elias ne semblait pas avoir vraiment mal – sauf quand il essayait de regarder devant lui : là, une douleur lui traversait la nuque, et il baissait la tête. Sören le menait aussi vite que possible dans les rues éteintes et glacées. Leurs pieds poussaient la neige. Ils fendaient ce chemin blanc, sans contours ni horizon, qui semblait surgir de la nuit sous leurs pas. Sören ne cessait de l'interroger mais l'autre resta longtemps muet. L'entendait-il seulement ? Sören n'en était pas certain. Elias n'avait plus l'air d'être grand-chose d'autre qu'un corps qui progressait, tournant son cou raide vers lui à chaque nouvelle question, les yeux hagards : *Est-ce que vous venez de me parler, sergent ?* Et puis l'histoire suinta hors de lui comme le sang épais qui avait séché dans son dos. Des pensées d'abord mal assemblées, ressemblant à une divagation enivrée, d'où éclataient parfois des salves lucides, que Sören guidait et relançait.

Il écouta le gosse lui confier son histoire.

Cela remontait à onze ans ; c'était drôle, Elias n'avait jamais compté – à vrai dire il avait surtout espéré fuir en avant, grandir jusqu'à ce que ces souvenirs ne soient même plus un point de sa vie – mais il le savait avec exactitude. Dans ce coin de sa mémoire qu'il n'aimait pas regarder, Matteus était déjà un vieil homme, qui leur souriait constamment, à lui et aux autres petits. Elias apprendrait à redouter ce sourire qui dessinait au vieux deux boules de chair rose sous les yeux, il apprendrait la peur et la haine, mais pour l'instant il n'était qu'un enfant, à qui Matteus parlait gentiment comme il le faisait avec tous, un enfant incapable d'imaginer quel désir animait l'homme qui venait les chercher dans les jardins quand il était temps de rentrer, caressait leurs cheveux comme pour les féliciter, *tu as bien joué aujourd'hui, tu es couvert de sueur*, et les accompagnait en les guidant par l'épaule.

Avec les années, Elias était devenu Veilleur, comme la plupart des orphelins. Pour protéger les nouveaux enfants, peut-être. Ou bien par habitude du temple. Il n'avait pas pu partir. Rien n'était jamais parti ; il avait pourtant cru que l'oubli lui prendrait ces visions, comme toute chose. Il passait ses nuits d'hiver seul dans le village. Il profitait surtout du silence.

Il fouillait. Tout était né au fond d'une cour : il ignorait que c'était l'atelier du taillandier. Il avait bien remarqué la collection d'outils émoussés qui rouillaient sur des clous, et ces cailloux difformes à différents endroits du sol, criblés de bulles, comme si on les avait soufflés de l'intérieur, mais il n'y avait pas prêté davantage attention. Au début il n'avait fait que regarder partout, s'était penché sur chaque objet sans le toucher, puis en avait examiné certains comme s'il en était le créateur, les replaçant ensuite avec précaution. Et puis très vite il avait cessé d'agir en intrus. Tout était devenu son domaine – et ce n'était pas qu'une manière de concevoir la situation : durant des mois, les lieux et les choses n'étaient plus que pour lui. L'hiver lui en cédait la domination.

Il avait erré parmi les bâtiments. C'est là qu'il avait trouvé la caisse d'Adrian, sous une table, abandonnée avec des rebuts. La série de couteaux, rangés dans un pot, la plupart tordus, parcourus de cassures sur le fil de la lame. Il avait retiré le moins abîmé : sa pointe était fine encore, elle restait fichée dans la planche de hêtre qu'il avait dressée sous l'appentis. Quand il se fut assez exercé, cela devint facile. Le mouvement de balancier, le bon angle de jet et la force suffisante, la contraction de son poignet au dernier moment. À trois pas il n'échouait plus. La répétition du lancer avait quelque chose d'hypnotique, le dépouillant de la barrière du temps. Les images l'envahissaient à nouveau (la main insistante de Matteus entre ses omoplates, sa voix doucereuse), mais il avait bâti un rituel pour les contenir. Il les tenait attachées dans la ligne régulière que faisait la lame en traversant l'air, une trajectoire légèrement courbe, arrêtée par un claquement sec lorsque la pointe atteignait sa cible. Trois pas pour récupérer le couteau, trois pas pour revenir. Élever le bras. Encore, et encore.

Le couteau apaisait ça (la répugnance de ce contact qu'il lui arrivait de sentir encore, le dégoût), mais il n'effaçait pas tout. Même si Elias le jetait de toutes ses forces. C'est alors que l'idée lui était venue d'elle-même (il ne savait plus quand, peut-être une de ces nuits sous le porche d'Adrian, peut-être qu'il marchait vers le couteau enfoncé dans le bois), elle lui avait été donnée, aussi tranquille que les flocons qui se posaient sur sa manche et n'étaient plus là l'instant d'après : il devait punir Matteus. Un sergent pouvait sans doute comprendre cela, non ? Il était juste que le vieux meure. Elias n'avait ressenti aucun trouble en se l'imaginant – et il croyait avoir imaginé toutes les manières d'y parvenir. Il aurait pu empoisonner son eau ou sa nourriture, avec une quantité suffisante de racines d'hellébore qui auraient rompu ses intestins et fait éclater son cœur. L'assommer et le traîner jusqu'à son propre puits avant de l'y jeter, l'attacher à un arbre et le laisser crever de froid, en finir rien qu'en lui martelant le crâne. Il avait tout envisagé.

Il n'y prenait pas de plaisir ; simplement, c'était son dû, tout comme Matteus avait réclamé le sien en le forçant à subir toutes ces choses dans sa chambre, ou dans ces endroits déserts du temple qu'il connaissait si bien qu'il avait dû les repérer, les préparer, et y entraîner beaucoup d'autres gosses. Il leur disait sans doute la même chose à tous, *viens on va faire des mignonneries*, et il les attirait vers des recoins de sa peau couverte de poils gris, *tu verras comme c'est bon.*

Elias avait su qu'il le tuerait, sans satisfaction, mais avec soulagement. C'était son devoir. L'explication de ses forces et des possibilités que le destin avait placées en lui ; sinon pourquoi était-il Veilleur, pourquoi lui livrait-on le village, pourquoi Matteus attendait-il dans sa ferme comme une bête fatiguée ? Et pourquoi avait-il été mené vers le moule en grès, dans la caisse du taillandier – l'instrument de son geste ? Il n'avait pas su ce que c'était, pas avant de l'ouvrir et d'y voir l'empreinte creuse de ces poignards en bronze qu'Adrian coulait. Le ciel le favorisait, encore. Comme ce serait simple. Comme ce serait juste.

Il avait versé de l'eau dans le moule et attendu qu'elle gèle. Quelques heures auraient suffi pour que la lame prenne, mais Elias l'avait laissée durcir plusieurs nuits, grattant les aspérités, polissant la surface avec une lime, ajoutant un peu plus d'eau à chaque fois. Quand il avait finalement ouvert le moule, l'arme était d'un blanc de givre, transparente, seulement parcourue de bulles immobiles. Il s'était fait une poignée en entourant la glace de longs brins de paille, maintenus par une lanière de cuir, qui ralentiraient la fonte le temps qu'il arrive à la ferme. Il avait choisi une nuit plus froide que les autres. Matteus ne l'avait pas entendu venir et Elias en avait été à peine surpris : il fallait qu'il en soit ainsi. Il achevait un périple où tout l'avait mené, et on ne lui refuserait plus rien. La porte n'était pas verrouillée. Elle n'avait pas émis le moindre grincement. Il avait marché jusqu'au lit où le vieil homme était allongé, s'était placé derrière sa tête, avait serré le poignard gelé dans sa main, et s'était penché vers lui. Comme ses traits étaient curieux, vus ainsi à l'envers. Cette peau grise piquée d'un début de barbe dure, ces plis grotesques autour des tempes, ce nez grêlé. Sa bouche frémissante, par où était passée tant de corruption. Est-ce qu'il avait tué Matteus ? C'était l'hiver qui l'avait fait, d'une certaine manière – même s'il l'y avait aidé, en tenant la gorge du vieux, et en y enfonçant la lame.

Elias ne se souvenait plus si Matteus avait ouvert les yeux quand il lui avait écrasé la glotte, ou à l'instant où le poignard gelé s'était introduit entre ses dents. Il n'était pas certain que le vieux l'avait reconnu, dans la pénombre, tandis qu'il hurlait et s'étouffait à la fois. *Tant mieux si tu ne me vois pas,* avait-il pensé, *je suis l'un d'eux, je n'ai pas oublié, je viens enfouir l'hiver dans tes entrailles.* Elias avait enfoncé l'arme jusqu'à sentir une résistance au fond de la gorge, et il avait poussé encore, forçant un bruit de cartilage rompu. Matteus avait secoué ses bras, ses jambes, soulevé son torse maigre dans une série de spasmes de moins en moins énergiques, et puis il était resté inerte, le regard veiné de sang, la poignée lui sortant de la bouche. La glace allait finir de se liquéfier contre sa langue durant des heures. Elias était resté un moment dans la pièce, pour être certain que c'était bien fini, avant de reprendre le chemin du village. Il avait marché avec calme, comme maintenant dans la neige. Il lui semblait qu'il n'aurait plus jamais rien à craindre du monde.

— C'est à eux que tu vas le dire, grogna Sören.

Elias leva difficilement les yeux vers lui, les sourcils froncés par l'incompréhension. *Ah, sergent, c'est vrai. Vous me tenez toujours le bras.* Il y avait d'autres lueurs dans la neige à leurs pieds. Sören regarda devant lui. L'ombre d'une muraille lui apparut, la façade percée par la lumière des chambres. Le temple.

— Avance.

Sören l'avait dit pour Elias, tout autant que pour lui-même. Il ne sentait plus ses pieds, paralysés de froid. Soutenir le gosse sur cette distance l'avait épuisé, il avait mal jusque dans les poumons. Il respirait bruyamment par la bouche et de la bave lui échappait. La brume se levait autour d'eux. Ou bien c'étaient ses yeux qui s'embuaient. Peu importait. Comme les choses étaient simples, malgré la douleur. Il n'avait qu'à se laisser envelopper.

Sören dut traverser la grande cour et encore deux couloirs, soutenant son prisonnier plus qu'il ne le conduisait désormais, avant de tomber sur un premier Veilleur. En entendant ses cris, l'homme avait décroché du mur un bougeoir épais comme une matraque et s'était mis à courir en orientant devant lui la gouttière de bois qui protégeait la flamme. Il avait mis du temps à les rejoindre – Sören crut d'abord que le bonhomme était ivre, à cause de sa démarche étrangement précipitée, et puis il avait compris : il se déplaçait avec un pied de travers. À cause de sa jambe tordue, on aurait dit un enfant qui s'était oublié dans son pantalon. En arrivant sur eux, il appuya ses deux mains tremblantes sur le bras de Sören.

— C'est Elias ? Mais que… ?

— Je suis Sören. Le sergent Sören. Cet homme a essayé de s'en prendre à moi et à ma femme. Il m'a aussi avoué avoir tué Matteus.

L'homme retira ses mains, et ses bras retombèrent mollement le long de sa taille.

— Je ne comprends pas, bredouilla-t-il en lui envoyant son souffle rapide sur la joue.

Le corps d'Elias pesait de plus en plus. Davantage, et Sören risquait de perdre l'équilibre.

— Il a besoin de soins. Il faut l'emmener maintenant.

Le Veilleur acquiesça.

— Portons-le au réfectoire.

Ils atteignirent avec peine le haut de l'escalier. Leur guide forçait visiblement son allure habituelle (une marche après l'autre, en s'aidant d'une main contre la paroi), et reprenait son souffle à chaque palier. Lors d'une de ces pauses il baissa les yeux vers son pied, en forme d'excuse : *une fracture de la cheville qui n'a pas bien guéri*, avoua-t-il. *Je fais ce que je peux.*

Ils arrivèrent dans une grande salle carrelée, dont le plafond était quadrillé de poutres parcourues de craquelures. Un parfum de repas volait dans l'air, comme s'il avait imprégné les pierres. Une marmite frémissait dans l'âtre, dont les flammes donnaient aux murs une teinte de crépuscule. Quelques Veilleurs disposaient des couverts sur les tables, ils accoururent en les voyant entrer, aidèrent à installer Elias sur une chaise avant qu'on ne leur enjoigne de prévenir le Révérend. L'homme qui avait accueilli Sören boita vers la pièce voisine. C'était une cuisine surchargée, où les senteurs étaient beaucoup plus prononcées, débordant des placards, coulant du plafond et de ses crochets suspendus. Une décoction de rigichor amère chauffait sur un poêle, saturant tout. Sören demeura sur le seuil, ne respirant que par la bouche, le temps que son hôte réunisse des linges et un broc d'eau.

Lorsque Peter pénétra à pas lents dans le réfectoire, Elias était toujours affalé sur sa chaise, la tête penchée vers l'avant, pendant qu'on examinait sa blessure. Le vieux s'approcha pour juger de l'entaille au-dessus de sa nuque, mal nettoyée par les compresses d'eau tiède. Il eut une grimace de dégoût à la vue de l'amas de cheveux collés, sanguinolents, et de l'ourlet de peau qui pendait. Sören se demanda si les yeux du Révérend pouvaient voir la pâleur du jeune homme. Peter ne prononça pas un mot. Il alla prendre une tasse dans un placard et souleva le couvercle de la marmite, libérant un nuage de vapeur. Il dispersa l'écume qui moussait à la surface et se versa deux louches de rigichor.

— C'est bien ouvert, dit le Veilleur qui humidifiait le linge. Il faudrait combler la plaie avec une pâte de farine d'orge.

Peter buvait à petites gorgées, son regard flottant d'un meuble à l'autre.

— Que s'est-il passé, Sören ? demanda-t-il.

— Elias a cherché à entrer chez moi. Il a aussi tué Matteus l'année passée.

Le Veilleur à côté d'eux tamponna une dernière fois la peau poisseuse, puis replia le tissu rouge entre ses doigts. L'aîné posa sa tasse sur la table.

— Soigne-le aussi bien que possible. Et toi, Sören, prends une chaise et porte-la près du feu, veux-tu ?

La tunique du vieil homme dissimulait mal ses membres hésitants. Ses forces avaient-elles donc tant diminué durant l'hiver ? Sören se posta près de lui, ses bras légèrement détachés de sa taille – une invitation polie et silencieuse à ce que Peter prenne appui sur lui.

— Ce n'est pas la peine, dit-il dans un sourire, je réussis encore à me déplacer sans devoir m'appuyer sur quelqu'un.

Sören maintint tout de même une tension constante dans ses muscles, prêt à le rattraper s'il faiblissait, mais ils parvinrent tous les deux devant la cheminée. Peter prit place et étala une couverture sur ses genoux. La gorge au-dessus du foyer était si large qu'elle renvoyait les bruits ; le vieil homme baissa la voix, par fatigue ou par habitude de la nuit, donnant un ton de secret à ses paroles.

— Je ne sais pas quoi dire, Sören.

Sören fixa le corps effondré du jeune garçon, à demi assoupi, puis étudia le visage de Peter, comme pour le raisonner d'avance.

— Il faut que ce gamin reste conscient, lâcha-t-il.

— Sa blessure n'est pas belle à voir, mais il devrait se rétablir, rassure-toi.

— Vous m'avez mal compris. Tout ce qui me préoccupe, c'est qu'il soit capable de parler.

Le Révérend suspendit son inspiration un instant.

— Ce garçon est probablement un meurtrier, poursuivit Sören.

Il s'en voulait de la sécheresse de ses paroles. La solitude de l'hiver l'avait rendu cassant. Peter se mordit les joues, rabattit la couverture sur l'accoudoir et se leva prudemment, dépliant ses articulations raides. Il donna plusieurs coups de tisonnier dans les bûches calcinées. Elles s'effritèrent en morceaux légers. *Un plaisir de vieillard*, songea Sören, *la satisfaction d'avoir au moins cette force-là*. Il n'avait sans doute plus celle de s'accroupir pour remettre du bois dans l'âtre.

— Je suppose que tout porte à le croire, dit Peter. Quant à ta présence ici, je devine qu'elle cache d'autres secrets. Mais les explications viendront en leur temps. D'ici là, d'autres priorités nous attendent. Pour commencer, je suis sûr que tu aimerais voir ton fils.

Sören sentit une crispation courir dans ses poings. Il chercha en lui si les paroles du Révérend pouvaient être une menace, ou un piège, mais sa réflexion cédait devant l'envie de tenir Bo contre lui. Peter laissa retomber le tisonnier dans le panier et vint se rasseoir.

— Est-ce qu'il va bien ? demanda Sören en s'efforçant de cacher son impatience.

— Évidemment. Nous avons pris grand soin de lui, comme de chaque enfant qui nous est confié. Il est peut-être réveillé en ce moment. En train de boire du lait.

Sören jeta encore un regard vers la table, sur laquelle Elias s'était effondré.

— Sois tranquille, le rassura Peter. Je suis certain qu'il ne peut tenter quoi que ce soit de déraisonnable. Il n'est en état de rien pour le moment. Va, l'un des nôtres va te conduire.

— Merci.

En passant devant le jeune homme évanoui, Sören vit son front blanc, où paraissait couler une sueur luisante. Il s'arrêta, le temps de s'assurer qu'il respirait toujours.

Le boiteux l'escorta dans les étages, le long de salles plus petites où Sören découvrait d'autres cheminées, et d'autres hommes et femmes dans les mêmes vêtements bleus, qui le dévisageaient chaque fois. Il croisa une nourrice assise devant le feu. Un nourrisson, au creux de son coude, suçait le bout percé d'une corne de vache. Elle eut un sourire pour lui, et un regard pour le bébé, qui justifiait le silence autant que sa présence ici. Les couloirs étaient déserts, mais pas silencieux. Sören perçut quelques gémissements de bébé sans qu'il sache de quelle chambre ils provenaient, ni quelle nourrice s'en chargeait, et entre les cris comme un bourdonnement plus grave tout à coup – une voix d'homme qui marmonnait une chanson : un autre Veilleur, occupé à coudre, porte ouverte. L'homme leva à peine le front à leur passage, tout juste immobilisa-t-il son aiguille un instant. Sören et son guide ne s'arrêtaient pas. Le visage à demi éclairé, ils glissaient comme des ombres.

Ils s'approchèrent d'un attroupement qui s'était formé dans un couloir étroit. Une demi-douzaine de Veilleurs murmuraient entre eux à la lueur des chandelles et les assaillirent de questions – *Qu'est-il arrivé ? Est-ce vrai ce que l'on entend au sujet d'Elias ?* –, mais l'homme qui menait Sören refusa de leur répondre. Une tâche plus urgente l'attendait. Il fendit leur groupe en prenant garde à ne pas trébucher et se posta un peu plus loin, devant une porte semblable aux autres.

— C'est ici, dit-il simplement.

Puis il suspendit sa torche dans un anneau au creux d'une pierre, et retourna vers les autres, relançant leurs murmures. Sören resta seul dans la pénombre. Il regarda autour de lui. Une fenêtre, percée dans le mur opposé, lui renvoya son image, et il eut besoin d'un instant pour comprendre cette vision. Il portait un manteau épais, touffu, qui lui couvrait le corps jusqu'au-dessous de la taille. Une bande de laine était enroulée à son cou, donnant l'impression que son visage barbu était posé dans une toison débordante. Un portrait humain sur un tronc de bête. À la lumière de la flamme il observa ses traits incohérents – une figure impossible, qui ne pouvait pas être devant lui, un cauchemar qu'il s'imaginait sans doute. Il regardait un étranger hirsute dont les traits semblaient avoir été taillés au couteau. Une peau striée, un masque en croûte de lait bouilli. Il fut envahi par un mélange de peur et de honte qui prit la forme d'une chaleur déferlant sur ses joues. Dehors il faisait nuit. Il ne voyait rien. C'était lui peut-être que la nuit dévisageait, dans ce couloir éclairé à la bougie, et cette lucarne ronde était son œil. Un œil de poisson mort. Sören eut envie de briser le verre et de s'assurer, même à cette hauteur, qu'aucune présence n'était sur lui, mais c'était ridicule. Il n'aurait rencontré que les remous noirs des arbres. Il lissa inutilement sa barbe, tira sur les plis de ses vêtements sales et frappa à la porte.

De tous les visages auxquels Sara pouvait songer, parmi ceux qui auraient pu, si tard, se présenter à elle, celui de Sören était le dernier – et il lut sur son visage qu'elle ne l'avait pas reconnu d'emblée. Elle en fut même effrayée et eut un mouvement de recul, après avoir ouvert. Il pensa qu'elle allait crier. Alors il s'efforça de faire sortir une voix douce de ses lèvres crevassées.

— Je suis le père de Bo.

Il vit l'information ricocher dans l'esprit de la nourrice. Sa présence d'homme ici, au cœur de l'hiver, était une anomalie ; mais c'était pourtant bien lui, derrière ces marbrures de froid et de fatigue. Ses yeux n'étaient plus ceux qu'elle avait croisés avant l'hiver, mais elle ne pouvait faire autrement que de les reconnaître : les mêmes que les siens, parcourus de petites veines rouges. Les mêmes que ceux de tous les membres du temple.

Elle remarqua en se penchant dans le couloir que plusieurs Veilleurs se tenaient sur le seuil de leurs chambres, une bougie à la main, sidérés comme devant une inondation.

— J'aimerais entrer, reprit Sören.

— Que faites-vous ici ? Qu'est-ce que…

— Je voudrais voir mon fils. S'il vous plaît.

Sara s'effaça plutôt qu'elle n'accepta qu'il entre. Il laissa dans son sillage une puanteur de bétail, qu'il pouvait lui-même sentir. Ses vêtements étaient une toison informe, mouchetée de terre, envahie de brindilles. Il avait une allure sauvage, mais ses pas se firent lents et souples quand il approcha du berceau.

— Il dort, déclara Sara à voix basse.

— Est-ce qu'il va bien ?

— Oui. Il accepte le lait, il n'a pas été malade.

— C'est bien, très bien, dit-il sans quitter l'enfant.

De son pouce – qui, en comparaison, lui apparaissait empâté et crasseux –, Sören effleurait les cheveux fins, le front, la joue ronde.

— Il tient un peu assis, poursuivit-elle. Il pousse de petits cris. Et il adore mordiller ses pieds.

Sören fut gagné par un sourire incontrôlable. Leur bébé. Comme il avait grandi. Son visage commençait à dessiner la bouche d'Anna. Il dut résister à l'envie de le soulever et de le porter face à lui, de l'embrasser, de lui confier combien il avait attendu, et combien c'était douloureux, et prodigieux à la fois. Un tremblement agita sa barbe – un effet de l'épuisement sans doute ; mais le frisson perdura, s'élevant de sa poitrine, gagna sa gorge. Il lui fallut un moment pour comprendre – cela faisait si longtemps, il avait oublié cette sensation. Le spasme monta encore jusqu'à ses yeux et se libéra.

Sören se mit à pleurer.

Sara hésita, puis enfonça sa main dans la laine grasse de son dos, jusqu'à sentir son épaule. Il resta debout près du lit, le menton plaqué contre la poitrine. Les larmes glissaient jusqu'à ses lèvres, imbibées du goût de bile du rigichor, qui passait aussi dans la salive et la sueur. Il pleura longtemps, sans pouvoir s'arrêter, essuyant ses pommettes d'un revers de la paume. Il pleura pour ce qu'il avait perdu et retrouvé, pour la peur qu'il avait contenue, pour les mois de silence, qui avaient une raison, enfin. Une merveilleuse raison, endormie devant lui. Après un moment, la nourrice s'empara d'une corne qu'elle remplit de lait de chèvre et la lui tendit. Des gouttes blanches coulaient par l'ouverture.

— Asseyez-vous là, murmura-t-elle en lui désignant un siège.

— Je n'ai pas soif, merci.

— Voyons, ce n'est pas pour vous.

Elle se pencha vers Bo, le saisit doucement ; l'enfant s'agita et commença à geindre. Sara le présenta à Sören.

— Non, je…

— Bien sûr que si.

Elle l'allongea sur son bras. Sören recula son torse.

— Je sens trop mauvais. Il va avoir peur.

La nourrice ignora ses phrases et positionna la corne contre la petite bouche aux lèvres tremblantes.

— Tenez-la comme ceci. Il va boire. Il a l'habitude.

Alors Bo ouvrit les yeux sur les siens et Sören sentit leur évidence l'envahir : des yeux qui ne voulaient rien et savaient tout. C'était un regard plein, une présence pure qui le perçait sans effort, le connaissant comme personne ne l'avait jamais fait, pas même Anna. Une question qui passait à travers lui, et une réponse à la fois, une fascination pouvant tout exiger, face à laquelle Sören ne pouvait que sourire, incapable de prononcer autre chose que le prénom de son fils, *Bo, Bo*, comme la révélation de son existence. Des doigts fins se refermaient sur sa peau calleuse, serraient la corne, et Sören pleurait, heureux.

Son fils finit par cesser de boire. Le rythme satisfait de sa déglutition cessa. La nourrice le reprit, plaça sa tête minuscule contre son épaule, glissa la corne vide dans sa ceinture et se balança calmement. Sören examina la chambre, une cellule sans doute semblable à toutes celles qu'il avait entrevues. Un lit simple pour la nourrice à côté du berceau, une étagère, une malle pour ses affaires. Contre le mur, un brasero dépourvu de charbon et une fenêtre grande comme trois fois sa main. Lui-même était assis sur la seule chaise de la pièce. Son attention revint à Sara et il lui trouva un air inconsolable. Il se demanda si les autres nourrices avaient aussi cette tristesse, à devoir s'occuper d'enfants qui n'étaient pas à elles et qu'elles n'auraient jamais. Les mères de l'hiver, aux seins dépourvus de lait. Il se leva soudain, comme si la réalité du temple venait de se rappeler à lui.

— Puis-je vous le laisser ? Je dois parler au Révérend.

Elle répondit par un sourire. Il referma la porte et décrocha la torche, puis il s'engouffra dans le noir du couloir, pensant à son fils repu, espérant qu'il s'endorme bientôt.

Sören crut se perdre en arpentant le bâtiment, mais il croisait toujours un Veilleur pour lui indiquer la direction du réfectoire. Ces gens déambulaient, ou bien se tenaient là près d'une bougie, au détour d'un palier, sans qu'il y ait rien à expliquer. La nuit paraissait leur faire parcourir le temple sous la lueur de leurs lanternes, à la recherche de quelque objet perdu. Ou de quelqu'un. Après plusieurs hésitations, Sören retrouva l'entrée de la grande salle. Les abords étaient déserts. Il se posta derrière l'entrebâillement de la porte et épia les mouvements à l'intérieur.

Elias était toujours affaissé sur une des tables, dans le même état que tout à l'heure, sans que l'on puisse dire s'il vivait. Peter fouillait des armoires, dans un coin de la pièce. Sören l'entendait aligner des pots, ouvrir des récipients, mais son champ de vision ne lui permettait pas d'en savoir davantage. Elias sursauta tout à coup, sorti de sa torpeur par le tintement d'une cuillère lancée sur la table, et le vieux, planté devant lui :

— C'était une idée stupide.

— Que voulez-vous dire ?

Sören fut surpris par la voix du jeune homme, qui vibrait dans les aigus. Une plainte trop mince pour être un cri.

— Tu le sais très bien, reprit le Révérend.

Sören le vit ôter le couvercle d'une première boîte et la porter à son nez. Il parut satisfait du contenu et en versa plusieurs cuillerées dans un bol.

— Que faites-vous ?

— À ton âge, Elias, je ne savais même pas ce qu'était le rigichor, reprit le Révérend en poursuivant sa préparation. Je veux dire, la composition de ce que j'avalais chaque jour. Je laissais les autres s'en charger. Quelle importance ? J'employais le compte de mes heures décuplées à me satisfaire, moi. Et pourtant, tout est là. L'origine de ce que nous faisons, autant que de ce que nous sommes. Cette fécule de cynorrhodon, par exemple, préserve des inflammations et du refroidissement. L'argousier nous tient à l'écart de la fatigue. Il nous fortifie. Mais en excès il te tordra le ventre. Et puis il y a ces fascinantes racines d'hellébore.

Il fit rouler quelques grains entre son pouce et son index.

— N'est-ce pas intrigant qu'il fleurisse durant l'hiver, échappant à tous ceux qui dorment ? Comme s'il était fait pour nous, Elias. Nous délivrant du sommeil. Nous rapprochant de la mort, aussi. La limite est si fine. En remplir ma paume suffirait à tuer un bœuf.

Sören eut une sombre impression. Le vieux préleva une petite mesure de cette poudre et l'ajouta au bol, avant de verser de l'eau fumante sur le mélange.

— Vois-tu, Elias, les ingrédients de cet élixir s'harmonisent et corrigent leurs propres défaillances, si l'on en connaît les proportions précises. Un élément nuisible doit être contrebalancé : c'est un principe de vie et de conduite. Ça a fini par abîmer mes yeux, mais je compense avec d'autres sens. La symétrie, toujours – même si aujourd'hui cette boisson termine de me ronger plus qu'elle ne me stimule.

Avec un sourire presque malicieux, Peter porta sa tasse à ses lèvres et but.

— Je la bois malgré tout, ai-je le choix ? Je l'accepte. La paix est un équilibre entre ce qui nous manque et ce qui nous reste. Entre le savoir et l'ignorance.

Il faisait tournoyer le liquide du bout de la cuillère, produisant un grincement déplaisant sur la céramique. Elias fit un effort pour se redresser.

— Vous ne me demandez rien ? Vous ne cherchez pas à savoir si j'ai tué Matteus, ce que je faisais chez le sergent ?

Sören approcha encore son œil de l'ouverture et amenuisa son souffle.

— Qu'est-ce que cela changerait, à présent ?

— Comment ça, qu'est-ce que cela changerait ?

Pour toute réponse, Peter fit sonner la cuillère sur le rebord du bol, qu'il plaça devant le jeune Veilleur.

— Vous le saviez, n'est-ce pas ? Vous saviez ce qu'il faisait, à moi et aux autres gosses.

— Si j'avais été témoin de quoi que ce soit…

— Vous l'avez éloigné du temple, coupa Elias, et cela vous suffisait. Cela vous a toujours suffi, de détourner les yeux. Mais qu'allez-vous faire maintenant ?

L'aîné parut réfléchir. Ses maigres épaules se haussèrent avec détachement.

— Je vais te regarder boire, je suppose. On reviendra te soigner, Sören te fera enfermer jusqu'au printemps. Tu perdras la confiance du village. Pour celle du temple, je pense que c'est une affaire d'heures. Le prévôt ordonnera sans doute ton arrestation, et ensuite…

— Soyez maudits. Vous et les autres.

Peter soupira.

— Je présume que tu ne me croiras pas, mais sache que je suis désolé. Je n'ai jamais voulu ce qui arrive.

Il tendit sa main ridée vers le pot de poudre noire et le glissa à côté du bol.

— Et je suis de ceux qui pensent, Elias, que d'autres choix nous sont offerts.

Sören entendit des pas qui se rapprochaient depuis l'escalier derrière lui, et il s'échappa vers l'étage inférieur ; si l'on venait à le croiser il n'aurait qu'à prétexter qu'il s'était perdu. Mais les Veilleurs entrèrent dans le réfectoire sans le voir et le silence revint. Accroupi sur une marche, il s'interrogea un long moment sur la situation. Il n'était pas certain de ce qu'il devait faire, mais laisser filer le temps n'apporterait rien de bon. Il remonta et franchit la porte à son tour, sans chercher à camoufler sa présence.

Peter se frottait les mains devant le feu. Elias avait retrouvé un semblant de position assise, mais il était livide. Une agitation encore timide s'était emparée du réfectoire tout autour d'eux : des hommes et des femmes se croisaient en silence, les bras chargés de sacs de farine ou de piles d'assiettes. Dans la cuisine adjacente, l'activité semblait plus soutenue encore, et les voix moins discrètes. Sören entendit parler de semoule d'orge, de fruits confits à mélanger avec du lait battu. On dressait les tables, des dizaines d'assiettes alignées avec précaution, sans les faire tinter. Tous ces gens s'efforçaient de paraître indifférents, mais Sören apercevait leurs coups d'œil à la dérobée. Il rejoignit Peter face à la cheminée, sans le regarder.

— Que vous a-t-il dit ?

Le Révérend se retourna vers la table où Elias semblait éloigné du monde, le regard perdu dans son bol fumant. Ses camarades disposaient les couverts à côté de lui, respectant un vide de deux ou trois places, et ne distribuant que des cuillères – pas de couteaux, on ne savait jamais. La sueur, ou la vapeur peut-être, avait collé ses cheveux à son front, formant des pointes plus sombres. Pour toute réponse, Peter alla rejoindre le jeune homme, à pas comptés, et reprit sa tasse qu'il avait laissée là.

— Le sergent Sören aimerait connaître tes motivations, Elias. Qu'as-tu à lui dire ?

Le jeune homme leva vers lui son visage exténué, sans même ciller, puis replongea. Peter secoua mollement la tête. Sören crut qu'il s'en irait sans un mot, mais l'aîné lâcha encore, presque en se lamentant :

— J'ai fait ce que je pouvais, mon enfant. Le reste dépend de toi.

Puis il se pencha en s'agrippant à l'épaule de Sören, qui crut que le vieillard avait une faiblesse, et souffla : *Allons parler de tout cela plus loin.* Ils sortirent en silence, laissant se poursuivre derrière eux les préparatifs du repas autour d'un mourant.

— Je crains que nous ne l'ayons perdu, confessa Peter une fois dans le couloir. C'est un tel déchirement.

— A-t-il avoué ?

— À quel sujet ?

— Celui de la mort de Matteus, s'impatienta Sören, et de ce qu'il voulait en entrant chez ma femme et moi pendant notre sommeil.

Peter prit le temps de siroter son élixir avant de réagir.

— Dans toute cette épreuve, il est heureux au moins que tu aies été éveillé. Il faudra que nous en parlions, d'ailleurs.

— Je veux que vous me répondiez, Révérend.

Peter fronça les sourcils.

— Il n'a pas reconnu ouvertement qu'il était coupable. Mais il le sera tout de même dès demain, n'est-ce pas ? C'est une question dont le doute s'absente à chaque heure qui passe. Tu as vu nos frères en bas, je devine leurs murmures. Les villageois ne penseront pas autrement.

— Avez-vous une idée de ce qui a pu le pousser à tout cela ?

Il but à nouveau, avec une lenteur exaspérante.

— Une forme de folie, que je ne m'explique pas. Si seulement nous avions pu l'aider à retrouver la paix.

Ils grimpèrent un long escalier en colimaçon dont l'ascension entraîna une toux bruyante chez le vieil homme. Sören lui soutint le bras et lui proposa de s'asseoir, mais Peter secoua la tête entre deux salves sèches et vida le fond de sa tasse d'un trait pour calmer sa gorge. Ils remontèrent l'aile ouest, dépassant une longue série de portes identiques dont certaines étaient ouvertes. Ils avaient parfois le temps de distinguer le signe de tête qu'on leur adressait. Ils marchaient côte à côte en silence depuis un moment, et Sören choisit de saisir l'occasion.

— Je sollicite votre autorisation pour demeurer au temple jusqu'au printemps, Révérend. Je pourrai surveiller Elias et être près de mon fils.

— Voyons... Cela m'a l'air faisable. Il te faudra... une chambre, bien sûr.

Ses joues avaient perdu toute couleur.

— Révérend, vous devriez vous reposer. Depuis quand êtes-vous debout ?

— Je ne sais pas... je... ça va passer.

— Vous ne voulez pas vous asseoir ?

— Ce n'est pas la peine… je t'assure que…

Sa phrase se termina par une plainte rauque. Il se plia en deux.

— Je vais vous aider à vous allonger.

— Je ne me sens… pas très bien…

Sören essaya de le soutenir mais les jambes de Peter se dérobèrent. Sa tasse vide roula au sol. Il était blafard. Sören l'assit contre le mur et se mit à crier.

— Il y a quelqu'un ? À l'aide !

La tête de l'aîné bascula vers sa manche dans une plainte sifflante. Un filet de salive coulait sur sa tunique.

— Révérend, vous m'entendez ? Je vais chercher du secours.

Sören partit en courant, sans cesser d'appeler. Le temps qu'il parvienne au bout du couloir, quand il se retourna, Peter commençait à convulser.

Les Veilleurs qui se penchèrent un instant sur lui dirent qu'il n'avait pas souffert, sans plus de conviction que s'ils avaient récité une formule creuse et polie. Le visage congestionné du Révérend, sa langue gonflée qui paraissait vouloir sortir de sa bouche, tout criait le contraire. Nul ne semblait plus savoir quoi faire, sinon piétiner autour du défunt en se lamentant, et répandre davantage la nouvelle tandis que le jour se levait. Sören espéra qu'on ne laisserait pas Peter ici. Il ne voulait pas que les enfants voient ça. On porta son corps encore souple dans sa chambre et on l'allongea sur le lit, recouvert d'un drap. Malgré le bouleversement, on commença la journée. *Cela va aller*, disaient les Veilleurs en marchant de long en large. Les petits emplirent le réfectoire de leurs discussions bruyantes et on s'occupa d'eux. Le reste, aussi terrible soit-il, avait été refoulé tout à coup et remis à plus tard.

Sören surveillait Elias – mais il n'avait rien à surveiller. On avait plâtré l'arrière du crâne du jeune homme, enroulé sa tête dans une bande de tissu gras qui lui couvrait les oreilles, et déplacé sa chaise devant le feu. Son bol presque vide était calé entre ses mains. Le liquide était plus foncé qu'il n'aurait dû. Les particules en suspension, à l'arôme amer, étaient tombées au fond ; le surplus d'hellébore noir formait un dôme mouvant.

Sören attendait qu'il meure. D'après les Veilleurs qui avaient retrouvé les mélanges de poudre sur la table et humé avec effroi les effluves du bol, cela viendrait bientôt. Elias n'avait répondu à aucune question. Il n'avait plus rien dit. Ses lèvres se crispaient par moments, et Sören pensait que c'était fini, et puis une toux piquante lui rouvrait les yeux. Il guettait la respiration brûlante dans sa poitrine, l'effort de sa salive quand elle franchissait la barrière de la glotte. Une suée froide lui coulait sur le torse. Comme il l'avait fait depuis des mois, voilà que Sören patientait, à nouveau, livré à cette prétention vaine : scruter l'instant d'une seconde, quand la vie d'Elias s'enfuirait. Malgré son attention, cela se produirait sans doute quand il regarderait ailleurs, ou qu'il se perdrait dans une pensée. La mort n'aimait pas qu'on l'observe.

La tête d'Elias tombait graduellement. Son front semblait peser plus lourd que la totalité de sa volonté. Le feu dansait dans le foyer sans parvenir à le réchauffer ; peut-être essayait-il de s'y pencher jusqu'à ce que sa peau le brûle. Mais les bûches non plus n'avaient pas l'air de vouloir de lui, avec leur chuintement de chat. Elles n'en finissaient pas d'expirer. Sören entendait les voix des Veilleurs qui défilaient dans leurs étoffes bleues, et les choses lui apparaissaient avec une évidence cruelle. Comme la pâte sur la blessure d'Elias qui ne cicatriserait jamais. Ou Peter, ce vieillard hypocrite qui l'avait incité à se tuer sans trembler. Aveugle jusqu'au bout. S'était-il réservé le même poison, ou le gosse l'avait-il ajouté à sa tasse dans son dos ? Avait-il imaginé qu'il agoniserait dans un couloir avant l'aube ? D'ici quelques jours il aurait sa tombe dans le carré arrière du temple. Un emplacement frais, fleuri, une belle stèle à son nom. Puis les souvenirs s'estomperaient peu à peu, jusqu'à ce qu'il ne subsiste qu'un détail, l'emportant sur tout le reste. Quelques enfants se rappelleraient vaguement sa silhouette bleue. Peut-être sa voix de cabri.

Pour ce qui était d'Elias, Sören supposait qu'on lui choisirait un coin anonyme, sans doute loin du village, où il serait oublié plus vite. En quoi serait-ce différent de cet instant ? Le réfectoire bruissait, se réveillait sans lui prêter attention. On ne le regardait pas. Peut-être était-il déjà mort. C'était peut-être à cela que ça ressemblait. Demeurer invisible là où on avait vécu, sans un mot, sans un geste. Rien que contempler les siens près d'un feu inépuisable.

Sören lui ôta le bol des mains sans que le jeune homme ne bouge, et jeta ce qu'il restait de liquide dans les flammes. Elias avait sombré dans l'inconscience, le cou cassé vers l'avant. Sören n'osait pas le redresser, le toucher, pas même faire un pas. Il restait debout, figé. Il pensait – car il ne faisait plus que cela (quels mots aurait-il trouvé à dire, qui méritaient d'être prononcés ?). Tandis qu'il gardait ce garçon dont la mort était si proche, le temps se déployait à nouveau pour lui-même, et le pressait d'espoirs. Sören songeait à ce qui l'attendait, pas seulement aux brefs moments dont il serait le témoin, mais aux semaines qui viendraient, aux prochaines récoltes, et au-delà, à ce qui serait après lui. Il voulait passer le reste de l'hiver avec Bo, s'allonger près de lui, dans un lit où il veillerait les soubresauts de ses rêves. Lui parler du monde et le couvrir de baisers. Il imaginait tout ce qui n'avait pas d'importance. Tout ce qui lui resterait. Comment il lui raconterait la neige et ses doigts rougis, les chants qu'il murmurerait pour lui. Il pensa que des jours allaient s'écouler, des années, et que son fils finirait par fredonner un de ces airs malgré lui, en jouant, sans y penser, et que cela viendrait de lui. Sören serait caché là, et dans tant d'autres choses, à jamais. Alors des images lui apparurent, qui étaient peut-être des promesses. Il devina que Bo serait doux. Il le voyait assis sur un rondin dans leur champ, ou en train de marcher avec précaution dans le jardin, comme s'il avait peur pour chaque feuille. Il tendrait ses mains implorantes vers Anna, qui le serrerait contre sa robe. Le soir elle rentrerait tisser, et leur enfant jouerait avec les fils de laine emmêlés sur ses doigts.

Le temps fuyait dans son esprit par saccades et Bo avait un rire à présent, il savait prononcer leurs noms. Il avait un bâton et une course bruyante, mais il acceptait toujours la main de son père dans la sienne, son petit poing fermé qui y tenait entièrement. Sören le regardait d'en haut, et puis des années pleines de toutes les saisons défilaient à nouveau, et Bo l'égalait en force, le serrait dans ses bras. C'était une certitude qui attendait patiemment. Le souffle de Sören le porterait moins loin, il ne pourrait plus prendre la route pour les autres villages, ni avoir la même ardeur lors des moissons. Il voudrait que cette course ralentisse, qu'il ait encore le double de sa vie, même si cela voulait dire rester d'autres hivers à observer la neige, depuis le grenier de sa bergerie.

Il allait rejoindre Bo, à l'étage du temple, tout à l'heure, l'embrasser, enfoncer son visage et son odeur tout au fond de sa mémoire. S'y accrocher. S'y enfermer. Il le rassurerait, et lui jurerait que tout allait bien se passer, maintenant. Il comprenait que les serments rassurants étaient le seul pacte que l'on pouvait présenter à la vie : *ne me retire pas cet amour paisible, je t'en prie. Permets-moi de le connaître encore.*

Devant lui, la poitrine d'Elias ne se soulevait plus. Sören attendit un spasme, un frémissement, mais il n'y eut plus rien. Une femme s'approcha pour lui offrir une portion de gruau, mais elle s'arrêta, deux pas avant de le rejoindre, comme si elle avait compris. Elle déposa l'assiette sur une table et s'agenouilla à la hauteur du garçon. Elle plaqua ses doigts contre sa gorge avec la douceur d'une caresse, les laissa un moment, puis se releva, les lèvres arquées par un malheur qui se passait de mots. Elle demeura longtemps immobile elle aussi, avant de demander enfin :

— A-t-il dit quelque chose ?

Sören secoua la tête.

— Rien.

La femme se pencha sur Elias, posa l'une sur l'autre les deux mains blanches, et les cacha sous la couverture. Elle balaya la salle du regard, s'arrêtant sur les quelques enfants qui terminaient leur repas, et les autres Veilleurs qui entamaient le leur – des morceaux de pain trempés de soupe, avalés sans plaisir dans le bruit des conversations.

— Nous nous chargerons de lui dès que les derniers petits seront sortis.

Le jour entrait par les larges fenêtres, dessinant des dalles de lumière pâle sur le sol. Tout avait pris une couleur de plomb. La femme débarrassa Sören du bol vide du défunt, qu'il tenait toujours, et le dévisagea avec une politesse inquiète.

— Vous devriez vous reposer un peu, sergent. La nuit a dû être longue.

Si vous saviez, pensa-t-il en secret. *Si vous saviez.*

Ce n'est rien, Bo. Calme-toi. Mon odeur t'est encore étrangère, je le sais. Mon apparence t'effraie – et comme je te comprends. Je me suis encore contemplé ce matin dans une plaque d'étain polie. Un reflet dérangeant. Peut-on paraître étranger à soi-même, si vite ? Dès que possible je ferai raccourcir cette tignasse. Raser ma barbe. Pour l'instant il te faut deviner mes sourires dans ma voix. Il te faut t'habituer à ton père.

Là, bois, tout va bien. Tu connais cette chambre. J'ai rangé ma tunique sale, mon pantalon rugueux. Mon manteau. Je porte les vêtements d'ici, d'un bleu plus intense que tes yeux – comme tu les ouvres sur moi avec inquiétude ! Les miens ont une teinte sanguine, c'est vrai. J'ai l'air d'un lapin malade. On m'a dit que cela pourrait disparaître. Ma consommation d'élixir est récente ; en diminuant les doses, jour après jour, mon corps retournerait sans doute à ce qu'il était. Mais en ai-je envie ? Dormir, à nouveau ? Alors je ne pourrai plus être là, ni toi dans le nid de mon bras. Je veux être éveillé pour chacune de tes heures, Bo. Si cela me coûte quelques années de ma vie, qu'on me les prenne. Elle aura été comblée. J'aurai bien assez de ton sommeil à toi pour ne plus vouloir du mien. Je veux tout contempler.

Est-ce que tu peux voir les collines blanches par la fenêtre ? Je me suis couché là, comme une bête dans son terrier, sous une pente de bois étouffée par la neige. J'ai guetté une ombre, je l'ai écoutée dans la nuit. J'ai cherché ses traces. Pour vous protéger, toi et ta mère. Il y a une ferme là-bas où elle rêve de toi dans sa longue nuit. Je le sais. Je devine toute la vallée. Ce qu'on y a enfoui en silence (les deux dépouilles semblables, raidies par le même poison), et tout ce qui attend en dessous de cette épaisseur éclatante. Je perçois ce qui viendra. Le froid ne sera qu'un passage, mon fils. Nous rentrerons chez nous. J'agrandirai la maison, nous aurons notre pièce pour le prochain hiver. Tu marcheras dans nos champs et te pencheras sur les fleurs. Tu riras pour une merveille que je ne verrai pas – le vent, une sauterelle, de l'eau sur ta main. Tu me montreras, et je t'apprendrai. Mais avant – avant toute chose –, dès que les premiers villageois retrouveront les rues, je t'emporterai là-haut, je ramperai pour la dernière fois, et je te coucherai dans le lit où tu es né, près d'elle. Tu t'impatienteras sûrement, mais je ne pourrai pas te reprendre à ses bras, elle te gardera pour épuiser le manque, la crainte, et même tes larmes lui seront précieuses. Anna les éteindra bien mieux que moi.

Mais pleure, Bo, si tu veux – tu as tout bu, mon bébé, c'est fini –, je te bercerai, je marcherai de long en large autant que ce sera nécessaire. Je n'ai plus de fatigue. J'ai tout le temps de te parler. Tout le premier hiver du monde.

Composition et mise en pages
Nord Compo à Villeneuve-d'Ascq
Achevé d'imprimer en décembre 2023
par CPI Firmin Didot, le Mesnil-sur-l'Estrée (27)
pour le compte des éditions Calmann-Lévy
21, rue du Montparnasse 75006 Paris

PAPIER CERTIFIÉ

N° d'éditeur : 2498538//01
N° d'imprimeur : 176994
Dépôt légal : janvier 2024
Imprimé en France.